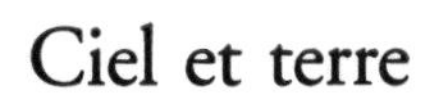

Ciel et terre

Nathan Devers

Ciel et terre

roman

Flammarion

ISBN : 978-2-0815-0430-1

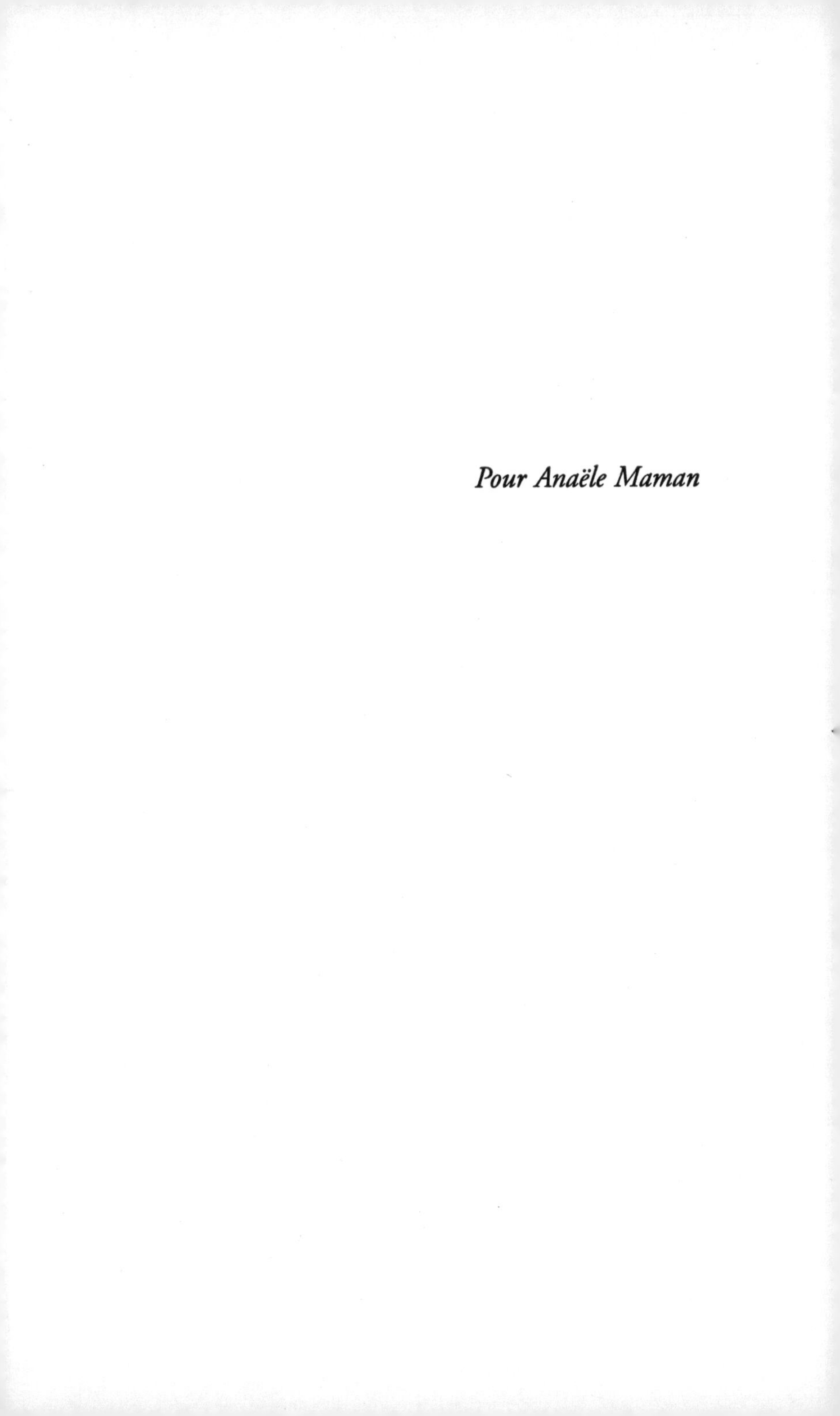

Pour Anaële Maman

« Toutes les phrases de ce livre sont des questions, surtout quand elles paraissent affirmatives. »

Citation inventée

I

LE VIS-À-VIS

1

Ce matin, le soleil semble sortir du sol. C'est à se demander s'il ne vient pas d'en bas. Huileux, il perle sur la chaussée, s'égoutte, ruisselle à même la terre. Dans d'intenses flaques de lumière, il s'étale sous nos pieds, presque dégoulinant. Encore engourdis, ses rayons pétillent en silence, suintant par petits bouillons clairs. Et lui, le voilà qui s'écoule lentement, dans une grande indolence. On croirait presque, à bien le regarder, que son reflet le précède. Oui, c'est cela : aujourd'hui, le soleil se réverbère avant d'exister et les odeurs de la ville se réveillent avec lui, prêtes à s'élever, au fil des heures, jusqu'à embrasser l'air.

Il est encore tôt mais, autour des deux fontaines qui surplombent le terre-plein, les bus activent déjà leur manège. Ils vont passer la journée à vibrionner d'un bout à l'autre de la place, amorçant les virages à la dernière minute. Droits comme des barres de fer. Raides comme des cigares. Des jeunes courent çà et là pour les attraper de justesse, pendant qu'une ribambelle de costumes-cravates assaille les terrasses.

Au-dessus de ces costumes, il y a des têtes. Leur coiffure, gominée jusqu'à la nuque, forme un casque brillant, presque glacé, plus lisse encore que celui du crâne. Ces pingouins de cire aux cheveux imberbes se déversent en foule pendant qu'au tabac la queue s'engorge déjà. Sinueuse, elle serpente et s'enroule sur une vingtaine de mètres. C'est toujours drôle, de voir des hommes pressés qui patientent.

Quand je sors du métro, la porte de Saint-Cloud me paraît immédiatement maladroite. Elle répète une pantomime sur un rythme qui n'est pas tout à fait le sien. Je ne suis pas dupe de son agitation en trompe-l'œil. Sur les façades, le béton, lui, ne triche pas : la place n'est rien d'autre qu'un grand dortoir vertical et placide. Je la traverse d'un trait puis, sitôt arrivé au niveau du boulevard Murat, je tâche de visualiser l'endroit, d'y trouver d'éventuels repères et de possibles habitudes – histoire, en somme, de m'imaginer y vivre pendant un an ou deux.

Un bistrot, à l'angle de l'avenue de Versailles, me paraît animé. Je commande une noisette au comptoir où je m'assieds de travers. Il me reste exactement cinq minutes pour vérifier, à la hâte, si mon dossier est complet – ce qui, au demeurant, ne sert strictement à rien : en cas d'oubli de ma photocopie de passeport ou de ma déclaration d'impôts, je n'aurais pas le temps d'y remédier. À la radio, on commente la canicule, inhabituelle pour une fin de mois d'août, ce pourquoi il importe de boire beaucoup d'eau et de prendre particulièrement soin des personnes âgées. Le journaliste a raison : je sue déjà abondamment. Deux grosses auréoles, aussi ombrageuses que les taches du test de Rorschach, gagnent du terrain sur les rayures de ma chemise. C'est la transpiration qui, sûre d'elle, commence à répandre sa petite odeur de sel. Pour l'instant, je ne la sens pas trop, car ma propreté fait encore illusion – mais combien de temps tiendra-t-elle ? Quelques heures, tout au plus… Quand elle n'en pourra plus, mon hygiène finira par capituler gentiment. Bien sûr, j'essaierai de résister un peu au soleil écrasant, de jouer à cache-cache avec lui – de faire bonne figure, en somme. Vers midi, par exemple, j'irai prendre une douche, mais ce sera en vain : à peine serai-je sec que la sueur aura trouvé un moyen de revenir, accrochée à ma peau. Alors, je serai forcé de reconnaître qu'il n'y a rien à faire. La canicule m'aura eu à l'usure. Et, tout au long de la journée, mes ventouses de doigts baveront sur les choses. Partout, ils pianoteront leur crasse, et toujours une crasse supplémentaire se nichera sur leur pulpe. De plus en plus collants, ils s'échoueront dans cette atmosphère d'humidité malsaine. Si bien que finalement le corps lui-même, accablé par le soleil et les miasmes, ne pourra qu'abdiquer : il se liquidera comme un sorbet abandonné sur une plage.

L'agent immobilier m'attend au bas de l'immeuble. Il n'est pas le seul piéton à ce niveau de la rue, mais je l'identifie immédiatement : il a une tête d'appartement. Nous nous serrons la main et il me conduit dans le hall. À la vue de l'escalier en bois, je ne peux m'empêcher de tiquer, et de repenser à la seule chose que je sais de mon arrière-grand-père, le vieil homme qui tenait une épicerie sur les hauteurs de Marseille. Lui qui avait pourtant été un volontaire du débarquement en Provence, il choisissait ses appartements selon un seul et unique critère – que les escaliers fussent en pierre, pour échapper aux éventuels incendies. Le reste, en revanche, ne l'intéressait pas. L'appartement pouvait tomber en ruine, s'éteindre lentement, annoncer l'ennui, revêtir des couches de poussière, seules importaient les dalles de son escalier. Quel étrange ancêtre, tout de même, ce combattant reconverti dans la prudence… Dire qu'il se baignait tous les dimanches sur la plage où il avait débarqué… Qu'il y emmenait même sa famille… Que Golfe-Juan avait été, en son esprit, le nom d'un champ de bataille puis celui d'un littoral parsemé de chaises longues et de palmiers suaves… Mais moi, qui n'ai pas vu la mort en face, je ferai avec : la peur d'être claquemuré, acculé par les flammes, m'est fondamentalement étrangère. Je dirais même que la mort m'a toujours paru être une histoire fictive, inventée par les paquets de cigarettes, les journaux et les mémorialistes.

La première chose que j'aperçois en entrant dans l'appartement, c'est cette étrange moquette aux couleurs incertaines. Elle s'étale partout, navigue entre les murs, court d'un angle à l'autre, se répand jusque dans les toilettes et vient s'échouer, poussiéreuse, dans un coin obscurci. De part et d'autre, rien de très original : quelques étagères grises coupant la pièce en deux, une table assez grande, un matelas bien dur, qui donne mal au dos rien qu'à le regarder. Et puis, il y a ce canapé qui observe, solitaire, la télévision éteinte. Aux murs, des projections de café se dessinent par jets précipités. Elles mènent en droite ligne à une cuisine exiguë, aussi grande qu'un placard de taille moyenne et garnie d'un plan de travail où il sera impossible d'éplucher plus d'une courgette à la fois. Par terre, la moquette continue d'affluer et file à la recherche de sa propre nuance. Quelque part entre l'urine et le beige des grands couturiers, son allure jaunâtre semble avoir capté toute la vérité des lieux pour exprimer un accent que les meubles gardent en eux. On sent bien que le studio tout entier dépend de cet ocre et compose avec lui. Car la moquette, elle, ne tergiverse pas. Dans sa manière d'être morne, elle va droit à l'essentiel, sans tortiller du cul. Je crois, tout compte fait, que cette pièce me convient. Dormir, manger, s'ennuyer : pas besoin de stucs pour traduire cette vérité qu'aucune finasserie ne saura altérer.

À vingt-cinq ans, je ne sais toujours pas comment me comporter pendant une visite immobilière. Dois-je faire mine de m'y connaître ? Poser des questions d'adulte sur l'exposition au soleil, le chauffage, la copropriété ? Est-il déplacé d'émettre un compliment ou une critique sur le studio ? Alors, j'aménage mentalement les lieux. Je les contemple tels qu'ils seront demain, lorsque j'y aurai installé ma cafetière et quand je cuisinerai des pâtes avant de m'endormir, sous une couverture, en regardant un film. « Vous avez bien de la chance, note l'agent, car ce logement est vraiment idéal pour un jeune Parisien : pas trop cher, ingénieusement aménagé, le tout dans un quartier central, à deux pas des transports. Mais attendez, je vais vous montrer la terrasse ! »

Deux grandes fenêtres. Grands rectangles qu'investit la lumière. Pas d'immeuble en évidence. Pas de voisins à épier ou susceptibles d'épier. Juste une terrasse de fonte assez large pour y disposer deux chaises. Et, bien en face, un cimetière, nonchalant comme une petite ville. Il se tient là, tranquille, dans le creux des façades. Comme une cour intérieure. Du deuxième étage, la vue est incontournable : c'est comme si le cimetière prenait place, lui aussi, dans cet appartement. Je ne sais que dire… S'agit-il d'un « problème » ? D'un motif de refus ? D'une fausse note qui gâche l'ensemble du tableau ? Je n'en ai aucune idée. Pendant un temps, je demeure pétrifié, timide à l'idée d'exprimer la moindre réticence. Je boude en sous-marin. Le pire, dans tout cela, c'est que c'était écrit entre les lignes de l'annonce. Le voilà, cet « appartement jouissant d'une vue dégagée ». Rien de faux dans ces lignes. Une exactitude tranchante. L'annonce n'a pas menti. Elle a seulement oublié de dire la vérité.

Je finis par m'épancher : voilà qui n'était pas précisé dans la description fournie sur le site de l'agence... Embêtante, pour une vue... Drôle de terrasse... Assez glauque... Déroutant, pour un premier logement... Prendre un café devant les morts ? Faire une fête dans ce phare de défunts ? Pire : imaginez que je rentre avec une fille, et que je fasse ce qui donne la vie... Et les savoir de l'autre côté de la fenêtre... « Attendez, rétorque-t-il du tac au tac, vous ne comprenez pas : d'abord, le cimetière d'Auteuil est totalement villageois... Fondé en 1793. Inauguré en 1800... Que des vieilles tombes... Rares sont les enterrements... Et puis, ce sont des voisins bien tranquilles... Pas le genre à appeler la police si vous faites du bruit... Pas le genre à en faire non plus... Vous savez, il faut être pragmatique. Quand un appartement donne sur un cimetière, cela signifie qu'il n'y a pas de vis-à-vis. Vous ne pouvez pas imaginer à quel point les vues dégagées sont rares, à Paris. Si cet appartement était à vendre, le cimetière en augmenterait le prix – et les visiteurs se battraient pour en être propriétaires ! Je ne dis pas ça pour vous forcer la main : j'ai plein de candidats qui rêveraient d'y habiter. Mais vous ne trouverez pas mieux. »

Vu comme ça, si le cimetière fait grimper le mètre carré, s'il suscite la convoitise, il n'y a plus qu'à se précipiter pour signer. Déballer les dossiers, étaler les attestations de garantie, exhiber les situations : et votre père, que fait-il ? Mère vivant à l'étranger, dites-vous ? Quelle pension vous donnent-ils chaque mois ? Où habitent-ils ? Cinquième arrondissement et Shanghai, d'accord... Combien d'enfants à charge ? Et de chiens ? Ah, vous n'êtes pas étudiant ? Que faites-vous donc de votre vie ? Graphiste, donc pas de revenus fixes ? C'est ennuyeux... Mais en moyenne ? Jamais moins de mille cinq cents euros par mois ? Avez-vous des papiers qui le prouvent ? Vous travaillez pour des magazines, dites-vous ? Et des journaux ? Et vous vendez parfois vos œuvres ? Jusqu'à deux mille euros par tableau... Vous peignez sur votre ordinateur, c'est-à-dire ? Du graphisme numérique, c'est fou comme les choses avancent, comme les gens innovent... Bon, vous trouverez peut-être de l'inspiration avec ce cimetière... Le calme, les stèles, la compagnie des disparus, des envolés, des partis on ne sait où. Attention à ne pas entendre des voix non plus... Mais j'en suis sûr, vous serez bien dans ce quartier... Vous connaissez un peu le coin ? Non ? Alors c'est très simple : la porte de Saint-Cloud est aussi pratique que terne... Allez-y pour les fast-foods ou le métro... Et quelques bars, ouverts assez tard... Bon whisky au Terminal... Jolie décoration... Sinon, de l'autre côté de la rue du Passage, vous serez ravi... Charmant, surtout le matin... Les vitres fumées des terrasses. Les cafés, à commencer par la Garçonnière. Un lieu idyllique. Parfait pour prendre un pot en amoureux, si vous en avez besoin un jour ou l'autre. Les serres d'Auteuil, pas trop loin, près du bois, avec leurs plantes carnivores et leurs palmiers de tous les continents. De quoi passer des dimanches idéaux. Je ne dis pas cela souvent, mais ce quartier a vraiment du charme : en fait, il n'est pas tout à fait à l'image du XVIe arrondissement. En quelques minutes de marche, on passe d'un terrain vague à une villa cossue. À trois rues d'ici habitent un ancien président ainsi qu'une ribambelle de grands patrons ; à cent mètres, des HLM par dizaines. Il y a même quelques bobos qui commencent à s'installer peu à peu. Et puis, il paraît que dans le coin vit un grand écrivain. Ou un philosophe, je ne sais plus. Académicien. Qui est admiré par le pape. Je crois qu'il fouine de temps en temps au Vatican. On le croise, le dimanche, qui s'en va à la messe. Vous le reconnaîtrez à sa pipe. Paraît qu'il a écrit de drôles de choses, sur notre époque qui va revenir à Dieu. À un Dieu nouveau. Mais qui serait quand même l'ancien… Je n'y comprends pas grand-chose, mais je connais quelqu'un qui le connaît. Bref, un quartier où vous pourrez vivre et travailler en paix – que demander de plus ?

J'ai signé. Sept cents euros de loyer, c'était jouable. Légèrement inférieur à la moyenne parisienne. De quoi mettre quelques sous de côté. Aller un peu au restaurant, fumer sans compter, ne pas finir le mois à découvert – et, peut-être, économiser un peu, pour les vacances ou le permis. L'agent remue en tous sens : le moment tant attendu de l'état des lieux est venu. Une fissure ici. La peinture rayée sur tel mur. Une trace de choc derrière le canapé. Une vis branlante derrière le radiateur. Quelques restants d'une vieille fuite dans la salle de bains. Les joints totalement pourris. L'agent immobilier ne laisse passer aucun détail. Il scrute les atomes. Fouille les particules. Décèle les moindres anomalies. Des pointes à la place des yeux. Des lasers. Ma caution, je ne la reverrai jamais – voilà ce que je peux, d'ores et déjà, me mettre dans la tête. Attention à ne pas fumer à l'intérieur. À ne pas faire tomber un mégot sur la moquette. À ne pas esquinter la peinture en déménageant. Le studio est sensible. Fragile. À conserver comme un rubis. À entretenir. À dorloter. L'agent reste encore dix minutes à taper frénétiquement sur sa tablette électronique, avant de me signaler qu'il ne se fait pas de souci : j'ai la tête d'un type sérieux. Il me remet deux jeux de clés : pourquoi deux ? Au cas où une femme s'inviterait… Si ma mère était intrusive… Ou si les morts me visitaient… D'autres rendez-vous l'attendent. Il me serre la main : eh bien, sauf erreur ou tragédie, nous nous revoyons lors de votre état des lieux de sortie, comme j'ai l'habitude de dire… Blagueur et obséquieux jusqu'au bout. Je l'ai raccompagné sur le palier. Je suis seul, une fois de plus.

Mes poumons s'assèchent, en mal de cigarette. J'ouvre la porte-fenêtre. Il me reste encore un paquet de Marlboro Advance Blue que j'étais allé chercher à l'autre bout de Paris. À bien y réfléchir, je crois que ces longues cigarettes blanches, au filtre légèrement décalé, sont, de loin, mes préférées : les seules où la fumée se tire vraiment, avec une violence qui embrase le souffle et se propage, lumineuse, dans l'ensemble du corps. L'intrusion du goudron dans les poumons irrigue d'une jouissance électrique, irradie les bronches, parsème l'organisme d'un feu d'action – rajoute une vie à la vie. J'en grille une sur la terrasse. Le cimetière est toujours là. Calme et impassible. Plein de petites maisons, surveillées par des kyrielles de fenêtres. Les fougères se glissant d'une tombe à l'autre. Les chemins improvisés parmi les allées. Personne à l'horizon, sauf cet amas de pierres. Quelques monuments plus hauts que les autres, des statues repérables de loin. Un employé tournant en rond autour de sa guérite. Un vieil homme, surtout, béret au front, sérieux dans sa veste anthracite, qui parcourt les stèles dans un mélange de langueur et de frénésie. Il remonte ses lunettes, ajuste sa cravate : on dirait qu'il cherche quelque chose ou quelqu'un.

J'ai, tout de même, signé un peu vite. Sans prendre le temps de la réflexion. Sans laisser passer la nuit. La manière qu'eut l'agent d'écouler cet appartement en vitesse… Sa précipitation à accepter mon dossier… Son air furtif, en signant les contrats… Son visage de fugitif, en quittant le studio… Ses grandes phrases pour vanter le quartier, le logement, l'immeuble… Ses insinuations sur les autres candidats qui désiraient habiter ici… Cette visite accomplie au pas de course… Tempo suspect. Comme si j'avais été piégé. Arnaqué par mon impatience. Entubé par ma candeur. Assiégé par mon enthousiasme. Comme si je m'étais enchaîné tout seul, aveugle devant l'avenir, n'écoutant que mon désir de vitesse, crépitant de ce fantasme de ne pas perdre de temps, de ne pas me faire engloutir par les obligations quotidiennes, de me débarrasser des contingences.

Et puis ces tombes, qui me défient. Tous ces rectangles de pierre, qui semblent me prévenir depuis leurs tréfonds – mais me prévenir de quoi ? Je les entends, pourtant, ces visages morts et ensevelis, stockés devant moi, accumulés en rangées. Le soleil tape sérieusement, faisant vibrer les horizons. Des flux de chaleur se dégagent de l'herbe, des murs délavés, des accumulations de rectangles. L'agent m'a bien eu : il y a, en vérité, un vis-à-vis qui crève les yeux.

2

Ma personne ne m'aime pas. Je le vois dans le miroir. Elle ne me regarde pas quand je la cherche des yeux. Toujours cette pupille torve qui a peur de m'affronter, et ce nez en trompette trop occupé à ne pas faire de bruit. Une anti-bite, ce nez, sempiternellement fourré dans ses craintes, à flairer un danger sitôt que j'ai un désir, à renifler des menaces imaginaires pour me dissuader du plaisir. Une sorte de grand parasite planté au cœur de mon visage, qui passe sa vie à surveiller ma moustache, éternuant dessus à chaque fois qu'il enrage. C'est hallucinant comme mon visage ne me supporte pas, comme il me ment, surtout : il se fait petit, l'hypocrite, replié sur lui-même, discret jusqu'aux ongles, à ne jamais vouloir déranger personne – ignore-t-il qu'il me gêne ? Qu'il m'oppresse, avec son monde de névroses enfouies et de silences qui n'en pensent pas moins ? Et ce sourire qui pointe aux commissures des lèvres mais que ma bouche ne lâcherait pour rien au monde… C'est si difficile de sourire ? Qu'est-ce que ça me coûterait ?

Une résistance m'habite. Épine coincée en moi, je la sens qui me fait avancer de travers, le profil bas, la mine retorse quand elle n'est pas honteuse, le teint qui ne demande qu'à rougir, fier d'être pudibond. On sent que ça foire quelque part, mais où ? Comme si un tournevis était resté bloqué entre deux ligaments. Je le devine, parfois, qui me triture en profondeur et m'empêche de filer droit. Mon squelette se raidit, impliable et tendu. Je serre les dents. Une entaille purulente m'interdit d'être entier. Comment pourrais-je sourire, moi qui ne suis qu'une marionnette mal huilée ? D'où ce côté flottant et compassé, fumeux et pincé, d'où ce parapluie enfoncé dans mes entrailles, d'où cet air sempiternellement constipé, d'où ces épaules cabrées, coupables de n'avoir rien fait, prises en flagrant délit d'exister, d'où ce dos crispé parce que intérieurement voûté, ce dos qui ne paie pas de mine mais qui n'en pense pas moins – d'où cet arrière-goût d'aigreur qui ne m'a jamais quitté. L'effacement est ma signature. La grisaille, ma dignité.

La vérité, c'est que je suis redevenu puceau. Ma sexualité dessine un hémicycle. Elle narre le récit d'un cercle brisé : retour vers le point de départ, l'espoir en moins. De ricochet en contrecoup, je me désabuse lentement du désir. Dépassé, le temps où le chemin s'annonçait encore à l'horizon… J'ai déjà donné, en matière de décollages et de printemps hormonal. Florissant et perlé de sève, j'ai jeté, dans ce domaine, mes premières forces pour de bon. Il faut dire que je m'y suis investi à fond. Rêveries déroutantes à chaque retour du collège, caché derrière la porte de mon placard, la main gauche suspendue à ma ceinture, au cas où ma mère rentrerait sans prévenir. J'ai follement aimé ces après-midi de dialogue solitaire, où j'étais à la fois gardien et clandestin : protecteur de moi-même. Je n'avais pas besoin d'ordinateur, car les films pornos me laissaient froid. Leurs scénarios mettaient souvent en scène des situations irréalisables : toujours les mêmes fables, où une professeure de mathématiques, pour punir son élève d'une mauvaise note, descendait de l'estrade, se dénudait devant lui et le saisissait par la braguette... Toujours ces mêmes épopées chimériques où deux amantes, en caméra subjective, m'invitaient à les rejoindre dans leurs ébats... Elles avaient besoin de moi, criaient-elles, lascives... Pourquoi pas le spectre ressuscité de Cléopâtre, tant qu'on y était. Non, le porno m'ennuyait profondément. Il m'était nécessaire, pour bander, d'échafauder des scènes possibles, au pire vraisemblables. Je préférais penser à telle fille spécifique, nominativement identifiable, avec laquelle j'étais plus ou moins en flirt. Je devais être certain, pour arriver à jouir, que le spectacle que je me représentais, reclus dans mes placards secrets, pouvait se réaliser n'importe quand, au lendemain ou trois semaines plus tard. C'était même une condition suffisante : pour peu que la représentation sexuelle que je façonnais fût parfaitement accessible, que son mécanisme demeurât aussi minutieux que celui d'une horloge, que ses rouages fussent assemblés au moindre détail près, je ne pouvais m'empêcher de lâcher automatiquement les quelques spermatozoïdes furieux qui m'avaient gigoté. C'était ma manière à moi de relier la masturbation au réel – et, par là même, de la rendre moins masturbatoire.

J'avais quinze ans et l'expérience me faisait défaut. J'en ai vingt-cinq, elle m'a repucelé. Le pire, c'est que je ne suis pas tout à fait revenu au point de départ mais que je demeure, comme d'habitude, tiraillé et névrosé jusqu'au cou : biologiquement dépucelé, existentiellement virginal. Hier soir, comme je passais ma dernière nuit dans mon ancien studio de la rue d'Alésia, j'invitai une fille que j'avais rencontrée sur Tinder à prendre un verre. Nous nous retrouvâmes dans le bar d'en bas. Je l'attendis une bonne dizaine de minutes, en réfléchissant à ce qui m'attendait. Elle avait précisé qu'elle désirait une relation légère mais bienveillante, et je tentais d'interpréter cette formule en fumant cigarette sur cigarette. J'allais m'impatienter quand je la vis traverser la rue. Ce n'est pas à son visage que je la reconnus, mais à son sourire : le sourire d'une femme qui voulait de la légèreté bienveillante. J'avais enfin compris sa formule.

Nous nous assîmes. Elle commanda un jus d'orange, et moi un double whisky. À peine avais-je engagé la conversation qu'elle comprit aussitôt, rien qu'au son de ma voix, qu'elle était servie en matière de bienveillance. Cette manière de la regarder partout, sur les doigts, les avant-bras, les cubitus, les omoplates, les oreilles et les narines – mais d'éviter à tout prix de croiser ses seins des yeux... Cette rougeur qui m'investit lorsque je lui avouai que ce n'était pas la première fois que j'utilisais Tinder... Il s'en fallait de peu que je ne m'excusasse d'avoir une bite. Je sentis qu'elle m'avait cerné, j'eus peur qu'elle me méprisât, mais son regard, au contraire, s'adoucit : elle exhiba un sourire sans rictus. Alors, je me mis à l'aise, c'est-à-dire que j'osai, pour la première fois depuis vingt minutes, m'asseoir confortablement, et je la questionnai sur son travail. Elle me fit un cours de gastro-entérologie, m'exposa toutes les nuances de mon intestin, eut la gentillesse de m'apprendre pourquoi, « en routine », mon transit était ralenti, raisons psychologiques obligent. Elle alla jusqu'à me conseiller la solution du doigt, rentré jusqu'à la deuxième phalange, si ma constipation devait s'aggraver et devenir chronique. Je l'en remercierai toujours.

J'allais d'étonnement en étonnement. J'étais persuadé d'avoir fait une désastreuse impression. Au moment de l'addition, alors que j'en étais à mon sixième whisky, elle me proposa gentiment de venir prendre un verre chez moi. Je la considérai. Elle ressemblait à la Charité de Padoue, sauf qu'elle baissait les yeux. Décidément, sa commisération me stupéfiait. Je me demandai sérieusement ce qu'elle me trouvait : pourquoi s'accrochait-elle à un constipé timide ? Sans compter que la situation me gênait : six whiskys bouillonnaient en moi, comme pour me punir d'avoir voulu paraître naturel. Impossible de bander dans ces conditions. J'avais dû boire pour ne pas paraître trop crispé et, une fois parvenu à mes fins, mon stratagème se retournait contre mes stratégies. La victoire était, comme toujours, partielle : le droit de rentrer avec une femme pour m'auto-humilier tranquillement, voilà ce que j'avais obtenu.

Nous rentrâmes donc. Je tins à faire goûter à Céline une bouteille de graves que je prétendis avoir achetée chez un caviste, pour gagner un peu de temps. Avec un peu de chance, si je jouais la montre, mon sexe pourrait faire illusion. La technique marcha : en dix minutes, je me retrouvai aux toilettes, à gémir devant un jet d'urine. En revenant dans la pièce à vivre, j'allai me réfugier dans mon fauteuil, que j'avais disposé à bonne distance du sien. C'était compter sans son impatience (je profite de cette parenthèse pour reposer la question : impatience par rapport à quoi ? coucher avec un torturé d'impuissant ?) : à peine étais-je assis qu'elle se jeta sur moi, m'enlaça, m'embrassa, m'enroula entre ses bras, ôta elle-même son soutien-gorge. Il me fallait à tout prix gagner encore un peu de temps. Des seins se dandinaient devant mes yeux : je les tétai pendant dix minutes. Je crois sincèrement qu'elle y prit du plaisir. Je n'avais, pour ma part, qu'une crainte : je tremblais à l'idée qu'en guise de remerciement elle ne baissât mon pantalon en pensant m'honorer. Je lui enlevai donc le sien, et me mis à la lécher. Donner du plaisir sans en recevoir : c'est mon astuce pour pouvoir bander en cas d'urgence. Dans la frustration, mon anatomie se dresse mécaniquement, rouge d'appétit et d'indignation. La technique fonctionna à merveille. Et, au bout d'un petit quart d'heure, elle s'en prit à ma bite. Je ne pouvais rien faire pour me défendre. Alors, je fis semblant d'apprécier, en mimant, sans doute trop grossièrement, les râles masculins des mauvais téléfilms érotiques. Les yeux de Céline se dessillaient à livre ouvert : j'y déchiffrais un bonheur infini. Dans sa quête de l'orgasme, elle était sans doute en train d'atteindre, en cette nuit, l'extase pour laquelle j'imagine qu'elle patientait depuis toujours. Elle n'avait dû connaître, en matière d'hommes, que des égoïstes du gland, des solitaires pétaradants et autres jouisseurs solaires. Elle avait dû donner tant de fellations non rendues, s'offrir tant de fois à des enfants gâtés, se faire secouer à l'infini par des corps aériens – sans jamais rien recevoir, pas même une caresse, ni l'ombre d'une dévotion. N'étais-je pas son sauveur imprévu ? Moi qui n'eus rien d'autre à lui présenter que ma langue, moi qui venais d'absorber, dans la honte, son sexe au biberon, ne l'avais-je pas libérée, malgré tout, d'une insondable frustration ? Enfin un homme généreux ! Enfin un gentleman qui sait s'abreuver de cyprine ! Enfin un excité du sacrifice ! En me rencontrant, elle s'était enfin trouvée. Alors, elle me branla pour une éternité, des sourires plein les doigts. Et, pendant ce temps, je méditais : fait-elle semblant de ne pas comprendre que je n'arrive pas à jouir ou l'ignore-t-elle vraiment ? Pourquoi, sinon, s'acharne-t-elle sur un tuyau dont il ne sortira rien ?

Au bout d'une heure, elle s'allongea sur le ventre, je vis descendre ses mains le long de son dos, écarquillées et gorgées d'étoiles, puis elles s'arrêtèrent sur le cœur inversé de ses fesses soudain écartées, et Céline ouvrit la bouche en souriant. N'en avait-elle pas fini d'en vouloir à mon désir ? Je m'affalai sur elle et en dix minutes je suais de nouveau à grosses gouttes. Pendant que je continuais à papillonner, Céline épongeait mes sudations. Je nageais sur sa patience, faute d'éjaculer. Elle allait commencer à soupçonner quelque chose… À comprendre l'eunuque que j'étais… Je n'avais plus de temps… Impossible de continuer à faire diversion… Il fallait activer l'ultime solution… Jouer l'issue de secours… Penser à Alma… Me souvenir d'elle, de ses cuisses, de ses mots, de ses baisers matinaux, revoir nos caresses, faire renaître nos échanges de regard… Devoir de mémoire : me remémorer l'unique fois où je vis son sexe, l'amour absolu qui émanait de son visage… Je fermai les yeux… Céline avait disparu. C'était Alma que j'étreignais, dans l'ailleurs du temps. Je revenais dans la cantine du lycée, dans cette queue interminable où nous nous battions pour une part de pizza. Dans le réfectoire, j'observais Alma qui, de loin, attendait secrètement que je vienne à sa table. Elle posait toujours son sac sur la chaise de droite, dans l'espoir que j'arrive. J'essayais, idiot que j'étais déjà, de doubler ceux qui me précédaient dans la queue. Un surveillant me prenait en flagrant délit. Il m'ordonnait de retourner à la case départ. Je me privais de déjeuner et la rejoignais le ventre vide, nourri de sa compagnie. Parfois, elle m'effleurait la main, feignant un geste négligent. Nos corps brûlaient alors d'un désir qui n'était pas charnel. Ses doigts entrecroisaient les miens et quelque chose du destin nous traversait. Alors, elle reposait sa main sur la table, et je l'écoutais se taire.

Un écho me traversa. Je fis croire à Céline que j'avais « fini », et camouflai mes larmes. Elle me félicita du regard, puis me demanda si elle pouvait dormir chez moi. Cette requête me donnait une profonde nausée – et, bien sûr, j'acceptai.

Quand je me suis réveillé, Céline était déjà partie. Elle avait laissé un petit mot, où elle me remerciait pour cette soirée très agréable, avant de me proposer de recommencer quand je le voudrais. À droite de la signature, elle laissa son numéro de téléphone. Je me fis couler un café et relus à plusieurs reprises ces quelques lignes rédigées avec soin, dans une écriture dont les lettres penchées cachaient une application serrée. Je n'avais plus de raisons de douter de sa sincérité : elle s'était vraiment délectée de cette nuit. Cette idée, en y songeant avec le recul d'une journée, continue de me dérouter. Je préférerais croire que Céline fût polie, j'aimerais mieux penser qu'elle a simulé pour éviter de me gêner – mais quel plaisir put-elle bien trouver avec moi, dans mon lit, et pendant toute une nuit ? On pourrait analyser la situation en termes de performance, remarquer à quel point je ne pris aucune initiative, totalement abandonné à sa volonté, servant de matelas à ses fantasmes – mais je crois que ce qui s'est passé hier est pire qu'une histoire de performance ratée : Céline a vu qu'elle ne m'attirait pas, elle a perçu que je n'étais pas séduisant, et c'est ce qui l'a charmée. Il faut croire que zéro au carré puisse équivaloir à un.

J'ai passé la journée à liquider mon ancien studio, pour transvaser mes effets dans celui de la rue du Passage. Rien de très impressionnant : deux petites malles contenaient l'ensemble de mes vêtements, la poignée de livres qui m'appartenaient, ainsi que mes outils de travail – un ordinateur, un chargeur et des écouteurs. Je suis un locataire dans l'âme : d'un campement à l'autre, sans nostalgie ni racines. Pas de vieilleries. Pas d'archives. Juste des documents entassés dans la mémoire d'un ordinateur. La vie casanière sème la fermentation. Je nourris à son égard une aversion exacerbée. Je pense, pour être honnête, qu'un appartement est toujours un lit : on s'y affaisse inexorablement. Chaleur facile, presque mortifère. Les murs qu'on reconnaît car on s'y reconnaît, miroirs damasquinés de nos petites habitudes, écaillés de l'identité qu'ils impriment en nous – et la maison qui devient nôtre, et nous qui devenons siens : elle pense à notre place, agit en notre nom, se souvient pour nous et remplace notre mémoire. Je refuse de me morfondre en l'aisance d'un logement. Pas question de me décharger de mon propre poids. J'estime, à bien y réfléchir, qu'on ne peut être vraiment debout sans être dehors – à la porte de chez soi.

Je ne déménage que négativement. Je me déplace pour ne pas m'habituer, pour ne pas oublier que les lieux sont hostiles. Le rêve du foyer éternel est un rêve illusoire : un lendemain imprévu nous en chasse toujours. C'est ce que ma mère m'apprit le jour où elle m'annonça qu'elle allait divorcer. Elle était venue me chercher au lycée, alors même qu'elle savait qu'un élève de seconde se devait, pour ne pas être tenu à l'écart de ses camarades, de rentrer en bus. Rien qu'à voir la gravité de ses traits, je devinai ce qu'elle me voulait. Ma mère me demanda si j'avais passé une bonne journée, si j'étais heureux de ma classe, si j'avais beaucoup d'amis – comme d'habitude, elle était en retard : nous étions en février et elle récitait les questions qu'elle avait oublié de me poser à la rentrée. Je lui répondis poliment mais par phrases laconiques, et elle m'emmena manger une pizza à la porte Maillot. Elle insista pour que je prenne un dessert. Comme je n'avais plus spécialement faim, je commandai, automatiquement, une glace à la vanille. « Oh non, mon chéri, persista-t-elle, prends une panna cotta, c'est ce que tu préfères. Monsieur, donnez-nous plutôt une panna cotta. » Elle suintait la honte, en parlant au serveur. Je jubilais de la voir se noyer dans les affres de sa mauvaise conscience. Ses pupilles me fixaient avec intensité. Les souvenirs devaient défiler dans ses yeux : revoyait-elle les dimanches pluvieux d'il y a vingt ans, où mon père l'embrassait avec ferveur ? Le divorce de ses propres parents ? Les amants se succéder chez sa mère ? Les larmes impuissantes de son père ? Avait-elle l'impression de rejouer à la première personne le spectacle de son enfance évaporée ? Peut-être... Le temps, du moins, filait entre ses yeux et, pour la première fois de sa vie, elle me considérait.

Le verdict tomba. Elle venait de se ressaisir, avala son café et se lança enfin. Ses tempes s'alourdirent un instant, elle contracta son visage, dévoila tous les osselets que sa peau avait cachés pendant quinze ans et entrouvrit les lèvres. Une langue de bois en sortit. Elle convoqua, un à un, tous les éléments de langage de notre époque divorcée. La vie est plus compliquée que tu ne le crois... Les jeunes gens se promettent l'amour, mais ils s'illusionnent... Nous sommes dupes de nos sentiments... La vérité, Léonard, c'est que les adultes ne sont pas à la hauteur de leur jeunesse... La tendresse qui régnait chez nous ? Un mirage... Les baisers que mes parents avaient échangés devant moi pendant toutes ces années ? Une fleur fanée... L'appartement où j'avais vécu pendant treize ans ? Tu en reverras d'autres... Et ne sois pas triste... Nous continuerons de t'aimer... Comme avant...

L'imbécile. Elle ne pouvait pas s'empêcher de mentir, même dans ses moments de vérité. Vous continuerez à m'aimer ? Alors que vous m'avez donné le nom de votre mensonge ? Elle ne méritait pas que je lui réponde. Je demeurai impassible, à l'observer, empêtrée dans son millefeuille de médiocrité. À la fin, j'osai cependant lui demander : « Quel est le prétexte de votre divorce ? Le prétexte… enfin, la raison… »

J'avais posé une question d'adulte, ce qui la rassura. En un instant, elle se débarrassa, comme d'un masque supplémentaire dont elle se fût délestée, du zeste de culpabilité qui l'avait investie. Elle me parla d'égal à égal. « Figure-toi que je viens d'obtenir une promotion chez Ralph Lauren et que je vais m'expatrier en Chine. Papa ne veut pas quitter son poste chez Procter et refuse de me suivre à Shanghai. Mais ne t'inquiète pas, tu pourras venir me voir pendant l'été. Tu verras, en tant qu'expatriée, j'aurai une maison merveilleuse, des conditions de vie féeriques et même un chauffeur ! Ce sera le tien : pendant les vacances, tu pourras lui demander d'aller où tu voudras. »

Elle régla l'addition. Vingt minutes avaient suffi pour écouler mon enfance. La parenthèse venait de se refermer sur une panna cotta. J'avais englouti l'éternité dans un vilain restaurant. Pas de traumatismes pour autant. Juste un mot à la bouche : tout cela était absolument, radicalement glauque. Le mariage parental, voilà qu'il s'achevait sur le trottoir de cette porte Maillot qui ne rimait à rien. Depuis le périphérique, les voitures se déversaient en masse. Elles formaient un cerceau autour du Palais des Congrès. C'était affligeant, anonyme et glacial.

En ajustant son manteau, ma mère me regarda. D'une voix chevrotante, et pourtant soulagée, elle prononça mon prénom à deux ou trois reprises, mais je n'avais pas l'impression qu'elle s'adressait à moi. C'était à lui, c'était à mon prénom qu'elle disait au revoir, et non à l'adolescent gentillet dont le visage reflétait vaguement le sien. Elle parlait à cette sorte d'antiquité qu'était devenu le mot « Léonard », à ces deux syllabes qu'elle avait tant de fois murmurées, et qui paraissaient désormais pétrifiées de distance. Le divorce était acté : entre ma mère et moi, il y avait Léonard. J'étais encore, pour ma part, un lycéen boutonneux en cours de construction humaine, promis à un avenir plus ou moins inconnu – mais Léonard était mort pour de bon. Son parcours s'arrêtait là, à l'orée du périphérique. Et l'histoire de mon prénom s'acheva sur ce malentendu.

Il me semble bien qu'un homme, pour explorer son identité, n'a pas besoin d'interroger sa mémoire ou d'aller voir un psychologue. Une vie humaine, avec son nœud de contradictions et de pliures muettes, tient tout entière dans l'aventure de son prénom. Dans l'archéologie du mot qui le rattache aux autres. Pourquoi un tel s'appelle-t-il ainsi ? Son prénom fut-il choisi longtemps avant sa naissance ? Et ce mot, que signifiait-il dans l'esprit de ses géniteurs ? Quel fleuve de rêves, de fantasmes, d'égoïsmes charriait-il alors ? Voilà les questions décisives. Voilà la seule biographie qui ne soit arbitraire : celle de son prénom.

L'histoire du mien, je crois pouvoir le dire à présent, est d'une simplicité parfaite. Mes parents m'aimaient avant de m'enfanter. À l'époque où ils se fréquentaient, ils se retrouvaient, le dimanche, dans un café, puis dans un lit. Des contraceptifs m'empêchaient de naître, et Léonard s'interposait pourtant dans leurs étreintes. Car, pendant qu'ils roucoulaient sous leurs draps, ils pensaient déjà à ce Léonard qui adviendrait au monde pour pérenniser leur amour. Je n'avais pas de visage, et ils parlaient de ma beauté. Les limbes me bordaient, Léonard me précédait. Avant de revêtir une peau, avant d'incarner une voix, avant d'être pétri de chair, j'avais déjà un nom, qui disait l'essentiel : Léonard serait un monument dédié à leur jeunesse. Il constituerait leur bague, puissamment circulaire, inviolable et sacrée. Léonard n'était pas le nom d'un enfant qui naîtrait, mais celui d'un souvenir. Cinq ans avant ma naissance, j'appartenais déjà au passé.

Mes parents ont fécondé Léonard comme on plante un arbre – en hommage à l'hier éternel. Et moi, j'étais la future carte postale d'un avenir désuet : ils allaient m'enfanter, un jour ou l'autre, pour se prouver qu'ils s'étaient jadis aimés. Ils me donneraient l'existence pour s'exempter de leur couple. Alors, je grandirais et ils pourraient passer à autre chose, fiers d'avoir conservé une trace de l'époque où ils n'avaient pas divorcé. Mon nom signifiait leur symétrie mais désignait la fausse note. Il fut leur premier mensonge.

Comment réparer cette distance ? Léonard et moi, nous nous partageons notre mère. Il est né de ses larmes, j'ai glissé dans ses huiles. Nous sommes le fruit d'une double pénétration. L'air des idéaux, et la chaleur des monstres. La devance des poèmes, et la traîtrise du temps. Mes parents nous ont conçus ensemble parce qu'ils s'aimaient séparément. Ils nous donnèrent l'unité dont ils étaient incapables, rejetèrent à la postérité une fusion qui n'était pas la leur. Ils cohabitaient dos contre dos – nous vivrions face à face. Léonard est né quelque part dans l'ombre d'une hallucination. Personne ne l'avait vu, alors il était beau. Je ne pouvais que décevoir en naissant sous son nom. À lui la mélodie des yeux ; à moi la sueur des choses, moi qui viens des tripes. Des tripes, oui : de cette baignoire infecte où brûlent les intestins, de ce saloir où tambourine la merde.

Léonard, en somme, était un très beau prénom. À sa différence, je suis un être du moyen et du médiocre. Un graphiste célibataire, qui parle trop et ne travaille pas assez. Un pauvre type tombé de nulle part, jeté sur scène sans connaître son texte. J'improvise faute de réciter. Autour, tout un monde se déploie, bavard et mouvementé, qui ne m'a pas attendu pour commencer son œuvre. Un grand dédale d'hommes, et de répliques d'hommes. Des visages. Des sourires. Des problèmes. Une foule sans fin de regards inconnus. Cette galerie m'effraie et me captive. Je suis pourtant là, quelque part, au beau milieu des autres. Il n'y a pas de direction, il suffit d'avancer. À l'horizon, le chemin à moitié parcouru.

3

Les ambulances. Elles sillonnent le quartier jour et nuit, respectant toujours le même manège : on les entend qui commencent par traverser la rue du Passage à toute allure, sirène hurlante et flamboyantes d'urgence, pour se garer devant le porche d'un immeuble haussmannien. Un brancard fait son entrée dans le hall. Quelques minutes plus tard, il en ressort, et on y devine une silhouette, entièrement recouverte d'un linceul bleu. Alors, la sirène s'éteint, les secouristes prennent leur temps, allument une cigarette, devisent un peu avec les passants sur l'identité du défunt, et repartent lentement. J'ai mis un certain temps à prendre conscience de ce phénomène, mais, une fois découvert, le voici qui devient flagrant : les ambulances marquent la ligne de fuite des ruelles incolores qui entourent mon studio. Toujours fourrées à l'horizon d'un carrefour, comme pour nous rappeler que nous sommes en dette d'une mort. Je ne suis jamais descendu faire une course sans entrevoir les clignotants d'un de ces véhicules rouge et blanc – et, à présent que j'y repense, j'en suis même certain : je n'en ai jamais vu une seule allumer sa sirène au retour. Non, dans le sud d'Auteuil, les ambulances ne servent pas à guérir, mais à nous récolter les uns après les autres, et à faire peser sur les vivants une menace. Dans les alentours d'Exelmans, nous sommes en permission. Nous vivons tous, jeunes en costume et vieilles dames en fichu, à l'ombre de la mort.

Quand je ne déambule pas dehors à compter les ambulances ou les camions-citernes – car eux aussi arpentent les environs, qui tournoient autour des quais de Seine –, je travaille chez moi, face au cimetière qui, derrière le store, guette mes fenêtres. Car je n'ai, dans le cadre de ma profession, aucun besoin de me déplacer. Les quelques revues, magazines ou journaux avec lesquels je collabore me passent un coup de fil pour me prévenir qu'ils me réquisitionnent, avant de m'envoyer leurs commandes par mail. Il s'agit généralement de textes à monter, de couvertures à réaliser, de maquettes à concevoir ou encore d'affiches à dessiner. Je m'exécute sur mon ordinateur et les auteurs des articles me téléphonent généralement pour me remercier. Je suis donc géographiquement libre et temporellement autonome. La plupart de mes collègues ne connaissent même pas mon visage. On me juge sur les résultats de mon travail et non sur mes horaires ou mon costume. D'où un certain nombre de privilèges, que je revendique hautement, quitte à passer pour paresseux : je n'ai jamais pris le métro à l'aube pour aller au boulot, je ne me suis jamais cassé le dos dans un open space, je n'ai jamais eu à rendre des comptes quant à mes horaires de travail et personne ne m'a jamais reproché de mener ma besogne à demi allongé, dans un pyjama mauve.

Au matin, je commence par cuisiner un plat chaud, généralement le même : des fusilli enrobés de fromage râpé – ça fond doublement dans la bouche. Je me vautre dans le canapé, casserole en main, et j'allume la télévision : en faisant défiler les émissions, je me mets au travail sur mon ordinateur. Ces moments sont d'une solitude délicieuse, d'une autarcie parfaite. Du monde extérieur, je ne sollicite rien. Et les textes semblent se monter tout seuls, les revues se mettre en page spontanément – toutes ces petites tâches du quotidien, ingrates et ennuyeuses, s'accomplissent d'elles-mêmes, sans réfléchir. Le labeur est dispensé de son poids. On pourrait ne pas me payer que je m'en plaindrais à peine. J'ai conscience de ma félicité professionnelle. Mon bonheur est tout à la fois horizontal et circulaire. Comme si mon appartement était plus sinueux que la ville elle-même, comme s'il offrait plus de possibilités que les boulevards d'une capitale, comme s'il était plus riche de Paris que Paris. Je vis dans un îlot urbain. De l'univers, je constitue un touriste immobile : il me suffit de zapper pour le parcourir.

Quand j'ai bien travaillé, je lis les médias qu'on m'envoie gratuitement, fume des cigarettes ou regarde des séries policières. Jusqu'à peu, je profitais de mon temps libre pour le consacrer à mes propres travaux : à ma peinture numérique, que j'exposais sur un compte Instagram. Ces tableaux relevaient d'un art de la seconde main. Il s'agissait de photographier des objets de la vie courante (bouteilles de soda, tickets de métro, parts de pizza), puis de retoucher les images sur un logiciel de façon à les déformer totalement, ne gardant d'eux qu'une ambiance indescriptible. Une canette de bière, par exemple, n'est pas qu'un récipient en fer-blanc dont le couvercle se décapsule. Si l'on s'en tient à cette fonction prosaïque, cet ustensile s'avère, en effet, profondément insignifiant. Mais, à sa manière, la canette instaure un monde. À peine est-elle ouverte que son métal contient déjà un univers de douceur et de blagues graveleuses. En elle, on lit le visage de l'homme qui cherche à se soulager au terme d'une journée de travail, qui aspire à partir légèrement en vrille, à dire quelques conneries sans trop déraper, à séduire sa voisine sans lui vomir dessus. Ces vérités, un peintre traditionnel ne saurait les dégager. Seul un logiciel est apte à les faire jaillir de l'objet-canette. Il faut, oui, arracher leur visage aux choses. Et c'est ce que j'ai essayé de faire, pendant des années, à travers une série de tableaux numériques que j'ai nommés *Lueurs* : lueur des choses qui échappent à l'indifférence de tous les jours ; lueur des émotions qui éclatent dans une peinture abstraite. Sur Internet, mes « œuvres » ont intéressé assez peu de gens. J'ai, d'ailleurs, menti à l'agent immobilier : en trois ans d'activité, je n'ai eu que deux clients. Des notaires qui voulaient une de mes créations pour décorer leur salon. À chaque fois, j'ai dû traverser Paris pour la leur accrocher entre deux étagères. Mais, depuis quelque temps, cette activité me dégoûte. Quitte à fabriquer des images qui rendent bien à côté du canapé de monsieur Chevalet, autant travailler directement au rayon « Cadres et photos » dans un magasin de meubles.

Je préfère donc, pour le moment, me mettre en retrait de mes tentatives picturales. Est-ce pour que l'inspiration revienne au galop, un jour, dans une grande fulgurance ? Est-ce, au contraire, pour qu'elle s'éteigne pour de bon ? Je n'en sais rien. Il se peut que j'aie honte, dans vingt ans, en repensant à ces *Lueurs*. Ou que je m'en veuille toute ma vie de n'avoir pas continué. Je verrai bien où cette histoire me mènera… Toujours est-il que, désormais, j'occupe autrement mon temps libre. Il m'arrive ainsi de voir des amis lorsqu'ils insistent pour prendre de mes nouvelles. Mathieu fut le premier qui tint à venir chez moi, personnage excentrique rencontré il y a quelques années, alors que j'étais « directeur artistique » de *Reader's Band*, revue autoproclamée d'avant-garde, où il tenait une chronique littéraire en tant que « jeune khâgneux prometteur ». Je me souviens encore d'un de ses articles, « Un artiste est un mélange d'Icare et de Madame Bovary », écrit dans un style de dissertation faussement brillante où fourmillaient les paradoxes branlants et les formules qui claquent. L'article faisait tout au plus une dizaine de pages, il n'avait aucun intérêt. Mathieu Perrien y expliquait que la frontière était ténue, pour un écrivain, entre le sublime et le ridicule. Que le grotesque était l'estuaire des fulgurances. Pour ce faire, il s'appuyait sur le cas de Chateaubriand, « victime de la vanité et en même temps son meilleur peintre », « homme le plus vaniteux et le moins dupe de l'être », « plume pesante, char de Disneyland, noyé dans ses dorures monégasques, Rolls vrombissante, consciente de la vanité qui l'animait ». Il concluait par une sentence dont il était très fier : « Chateaubriand est ridicule à force de se vouloir sublime, et sublime à force de se montrer ridicule. »

En tant que graphiste, je suis très bien placé pour observer les vanités respectives des journalistes et des chroniqueurs qui m'envoient leurs articles à monter. Officiellement, je suis l'homme de la « dernière étape avant fabrication », celui qui maîtrise les logiciels de mise en page, c'est-à-dire le chaînon substituable dans le processus de publication d'une revue. Personne, du coup, ne fait vraiment attention à moi : les auteurs me prennent pour une sorte d'ordinateur qui respire. Mais, de là où je suis, je peux très bien mesurer le rapport que chacun entretient à ses textes. Il y en a qui écrivent comme des robinets : à peine s'asseyent-ils à leur bureau que la prose s'écoule, se déverse dans un grand fleuve de mots. On sent qu'ils composent avec la frénésie d'une urgence intérieure. Toutes les semaines, je reçois d'eux un nouveau texte, où restent encore des coquilles et des fautes de syntaxe : obsédés par leur prochain article, ils ne prennent même pas le temps de se relire. D'autres, au contraire, connaissent leurs compositions par cœur, s'auto-citent à chaque fois qu'ils me téléphonent. Ils viennent de composer un essai sur l'usage des guillemets chez Martin Heidegger mais s'imaginent qu'ils engendrent une œuvre de la plus haute importance. Je ne sais, au fond, si je les trouve pénibles ou amusants. Je crois bien qu'ils me touchent, lorsqu'ils me demandent de modifier une virgule, puis de la rétablir, avant de m'appeler, traumatisés par leur propre génie, pour s'épancher : « Que penses-tu ? La virgule, faut-il la mettre ? Non, ne me répète pas que ce n'est pas important ! Tu ne peux pas comprendre. Un écrivain, un authentique écrivain, est un homme qui pourrait, comme disait Cioran, mourir pour une virgule. »

Mathieu était encore un autre genre. C'était un écrivain municipal, qui composait pour le village du Quartier latin. Entre la rue Gay-Lussac et la rue Madame, sa renommée était internationale. Il aurait toute sa place, un jour, dans une anthologie des écrivains d'avant-garde du XXIe siècle. Son article sur Icare et Madame Bovary, il ne l'avait pas rédigé pour penser le problème du ridicule en littérature, mais pour fédérer une foule de futurs admirateurs. Il était crucial que la postérité puisse se souvenir, pour l'éternité, que Mathieu Perrien, au début de ce siècle de « pauvreté littéraire » (comme il aimait à l'appeler), avait fait caca son premier texte en public, dans une revue estimée par ses professeurs et ses camarades de café.

Mais Mathieu multipliait à mon égard les marques de sympathie. Il était le seul, parmi toutes mes relations professionnelles, qui terminait ses mails par « Amitiés ». Et il était aussi le seul à m'avoir rendu visite dans mon précédent appartement. Dans ses conversations, il y avait toujours un moment où il me questionnait sur ma situation, où il me demandait pour quels autres magazines je travaillais. Subrepticement, il se débrouillait toujours pour me glisser la même demande : « Si, un jour, tu es invité à une soirée organisée par un magazine, pourrais-je t'accompagner ? » Je n'étais, naturellement, pas dupe. Je savais parfaitement que, derrière la volonté affichée de m'accompagner, Mathieu cherchait à multiplier ses contacts – à se former un « réseau » : tout (futur) (grand) écrivain qu'il fût, il se comportait comme un avocat d'affaires. Du grand classique. Reste que, depuis quelques mois, Mathieu avait cessé de m'écrire car il préparait un « concours important ». Ce qui lui avait réussi : il venait de m'annoncer qu'il était, enfin, admis à l'agrégation de lettres, et qu'il serait ravi de célébrer avec moi son « grand retour à la vie (parisienne). Amitiés. »

Mathieu arriva en début d'après-midi. Sa première remarque, en pénétrant dans le studio, porta sur le cimetière. Très original, murmura-t-il... Une vue qui ressemble vraiment à quelque chose... Bien plus intéressant que tous ces appartements qui donnent sur un parking ou des façades de misère... Il avait un air globuleux et malsain en prononçant ces mots. Un regard à te rendre pervers rien qu'en te fixant de face. Pendant cinq bonnes minutes, d'ailleurs, il se rinça l'œil sur mon cimetière, comme pour faire le plein de miasmes. Je regrettai aussitôt d'avoir répondu à son mail de retrouvailles. Mais que faire ? Le chasser sur un prétexte ? Je n'en avais pas le courage. J'allais l'écouter s'exhiber pendant deux ou trois heures.

Il avait apporté du vin et de la charcuterie. J'eus tout juste le temps de le féliciter pour son concours et de lui demander comment il avait fêté les résultats qu'il commençait déjà à se livrer : non, il n'était pas si heureux que ça. Sa réussite à l'agrégation l'embarrassait plus qu'autre chose. Derrière la joie superficielle et les embrassades se profilaient, sournois, un blues latent et un arrière-goût rance. L'impression d'avoir le sourire forcé, le rire jaune, la célébration hypocrite. À bien y réfléchir, il était assez révolté en repensant à l'enfermement de ce qu'il appelait son « adolescence liseuse » et de ses années de prépa. Il était révolté, comme un ancien soldat qui doit tout à l'armée, qui lui doit son identité, son courage, ses muscles, sa capacité de séduction, sa virilité – et qui lui en veut de tout : de lui avoir appris à haïr, à détester l'ennemi, à se réjouir de l'égorger, à aimer les armes, à prendre le fil de l'épée pour celui de la providence, à voir la violence s'emparer de l'âme. Ses seuls souvenirs de « vraie vie » remontaient, disait-il en exagérant certainement, à des jeux de bac à sable, à du touche-pipi sous les toboggans d'une cour de récréation, à des parties de Monopoly avec son grand-père. Rien de très bandant. Et puis, brusquement, il s'enflamma. Il se leva, tout remonté qu'il était, et commença à vociférer, d'un ton presque dissertatif d'abord, puis galvanisé par un verbe qu'articulaient ses boyaux.

« Je suis tout à fait navré, concéda-t-il, de ne pas me réjouir de mes victoires étudiantes, mais j'en suis empêché par mon corps. Il ne suit pas la route des conventions. Il ne la suit plus. J'ai l'impression d'avoir vécu toutes ces années dans un vestibule, dans l'arrière-chambre du monde, à l'ombre des étagères. Que veux-tu affronter du monde en récitant des cours sur Leibniz, en dissertant en grec ancien, en disant que tu as lu la *Recherche* ? Si je suis quelque chose, ce n'est pas un jeune homme, mais un nourrisson encore étranger à la vie. Une grossesse, voilà ce que j'ai traversé ! À bouffer le placenta de la culture nationale, les transfusions de concepts, d'histoires, d'arguties, la perfusion permanente des références pluvieuses. Une vie de grenier ou de cave. Je me sens poussiéreux. Je suis poussière, avec mes cheveux longs, mes lunettes vissées sur le crâne, la peinture écaillée de ma peau, mes chemises suintant l'encre de mes copies, mon poignet harassé par l'héroïque masturbation puissance mille que fut cette accumulation de phrases rédigées à la hâte, dans le froid de mes salles d'examen, mon pull moutonneux à carreaux bigarrés, mes pantalons trop longs, mes chaussures délavées par la pluie. Ce n'est pas un homme que je suis devenu, mais un livre fait de tous les livres. Et je vais accomplir, maintenant que ma tête est jugulée par l'encyclopédie qu'elle a appris à devenir, mon propre autodafé ! Je vais m'attacher à brûler, ligne par ligne, tous les vers que j'ai appris, à oublier mon latin aussi vite que possible, à me nourrir de téléfilms pour adolescents prépubères, à bouffer les hamburgers de la culture, à défaire, pierre par pierre, page par page, le monstrueux édifice que j'ai intériorisé après l'avoir humblement gravi, à entraîner l'explosion lente et dynamique de la tour que je surplombe à présent, à foutre en l'air tout ce qui s'est rigoureusement tissé, à polluer ma propre pollution, à incendier les arbres que j'ai fait pousser dans la clairière de ma personne. Ce n'est pas une tête que j'ai, mais un supermarché. Ma naissance est un retour depuis la mort, une fuite à rebours, depuis les livres vers ce qui les a inspirés – depuis la culture vers ce qui donne à penser : vers la vie. La vie forte, la vie puissante, la vie vite, la vie vulgaire – quelle erreur de croire que l'on ne la partage pas en commun ! –, la vie putassière, la vie pute même, la vie égarée, perdue, aveugle devant le soleil de son mystère. Qu'il est doux de naître à vingt-cinq ans ! Le réel se dévoile sur la pointe des pieds, discret comme une amante oubliée – oui, le réel, l'autre nom de ce que j'appelais, jusqu'alors, la vulgarité.

Fallait-il que je devienne agrégé pour découvrir, enfin, que ma merde était de l'or, et mon or de la merde ! »

Mathieu termina sa tirade, avala un verre de vin et soupira longuement, essoufflé par la beauté de sa plaidoirie. Il me dévisagea, et me fit comprendre, par son regard intense, que j'étais témoin d'un moment très important dans l'histoire de la littérature. J'étais celui qu'il avait élu pour assister à la dernière de ses révolutions métaphysiques.

Longtemps, il continua de décomposer le monde et son estomac. Une torpeur l'investit lentement et, au bout de quelques heures, sa verve ralentit, se relâcha, ponctuée de silences et de répétitions. Quand Mathieu finit par me quitter, je m'effondrai sur mon canapé, encore empli de ses discours épiques. Ses exclamations perpétuelles résonnaient dans ma tête, tintaient à l'intérieur de mon crâne. Dans les verres stagnaient les dernières gouttes de vin que nous n'avions pas bues. Rien qu'à les regarder, il me semblait que Mathieu continuait de parler. De longues minutes s'écoulèrent, nerveuses et électriques. Et moi, incapable du moindre mouvement, j'examinais mon appartement : c'était la première fois que, malgré mon peu d'affaires, j'avais l'impression d'étouffer sous le désordre. Les choses étaient pourtant en place, mais elles semblaient oppressées dans le coin où je les avais rangées. Elles dépassaient de partout, cacophoniques et mal coloriées.

Seule échappée, unique coin désinvesti dans ce fatras chaotique, le balcon, frangé du vide et des morts. Je m'y rendis pour fumer une cigarette. Les nuages tombaient avec le soleil, accoudés sur l'horizon, presque lascifs. Leur masse craquelait sans bruit et ils formaient lentement des couteaux nacarat. Griffés dans leur chair. Lacérés de silence. Vieux lions terrassés par des ongles invisibles. Puis leur cuir saignait, giclait par à-coups, laissant le pourpre s'écouler lentement, imprégner le buvard du ciel. Les immeubles projetaient leurs grandes ombres sur la surface des sépultures : ils s'imageaient dans l'écran du cimetière, le barbouillaient d'en haut. Ça devenait dansant et la nuit semblait venir contre le jour pour le déranger, dissoudre ce qu'il avait mêlé, confondre ses unités, ses frontières et ses douanes, ses routes et ses chemins de papier. Que faire de cette infime terrasse ? C'était beau, vu d'ici, à cette heure : rien d'écrasant… Un mouchoir de tombes, carré comme il fallait. Des morts incroyablement discrets, lovés dans leur pudeur, qui n'emmerdaient personne. Pas de grandiloquence. Rien de guindé. Seuls avec leurs petites plantes, couverts de salpêtre, ils disparaissaient dans la nuit, comme tout le monde. Non, à vrai dire, ce n'était pas eux qui posaient problème – mais les autres, les vivants, ceux dont la fenêtre regardait aussi les sépultures. De leur côté, c'était la grande panique. Sauve qui peut. Des balcons vides, filant vers l'infini, aveugles et fossilisés. Pas une chaise, pas un mégot, pas non plus de poussière. Des parcelles de surface qui ne servaient à rien. Petites saillies épilées, totalement livrées à elles-mêmes. Plus tristes que les tombes. Moins animées qu'elles. Ni mortes ni vivantes : désertiques. Ou alors, sur certaines terrasses, une profusion d'arbres entassés, marchant les uns sur les autres, entrelaçant leurs racines, entortillés de partout, murs foliesques ahuris, barrant le passage de la lumière, interdisant aux hommes de recevoir ses ondes. C'était accablant comme situation : je n'oserais pas meubler mon propre balcon – non par déférence envers les disparus, mais par convenance à l'égard des voisins.

4

« 67 % des Français, rapporte le journal de ce matin, ne s'identifient à aucune religion. » L'article omet de préciser si cette proportion est constituée d'athées dogmatiques ou d'agnostiques résignés, de déistes ou de libertins, mais enfin, il dit l'essentiel : nous sommes l'un des peuples les moins religieux du monde. Le journal, bien sûr, noie cette information parmi le flot des actualités prosaïquement quotidiennes : une alliance avortée entre les écologistes et les socialistes, un petit chien écrasé sous le regard de son maître, la parution de l'autobiographie d'un ancien présentateur de la météo. La mort de Dieu en France est annoncée page 12. Elle prend moins de place que la nécrologie de Johnny Halliday. On a presque l'impression que Dieu est parti comme il nous est venu – sur la pointe des pieds. Il est né clandestin, visage masqué et pétri de mauvaise conscience. Il repart sans nous dire au revoir, silencieux et coupable. Nous l'avons pris pour notre destinée – et l'abandonnons comme rien, avec l'indifférence d'une parenthèse fermée. Ni fleurs ni couronnes : Dieu disparaît en palindrome, dans la plus grande indifférence. Ce n'est pourtant pas une mince affaire, pour une civilisation, que d'en avoir fini avec Dieu : à se demander par quoi nous le remplacerons…

À la télévision, je tombe souvent sur une émission médicale. C'est la seule que je ne zappe jamais : non qu'elle me plaise – au contraire, elle m'énerve tellement que je ne peux m'empêcher de la regarder jusqu'au bout. Des petits connards en cravate, arrogants et bronzés, passent en revue les maladies et nous expliquent que nous devons prendre soin de nous. Tous les jours, ils trouvent un nouveau plaisir à interdire. Au début, c'était la cigarette : arrêtez de fumer, voyons… Vous cultivez des peuples entiers de métastases en vous, à cause de cette cigarette minable… Et puis, tant que vous y êtes, ne buvez plus : vous comprenez, le foie… l'intestin… l'estomac… l'œsophage… les couilles… Au bout d'un mois ou deux, ils sont allés jusqu'à proscrire le lait de coco : une boisson cancérigène ! Un poison des temps modernes ! L'absinthe renouvelée ! Un nœud à emmerdes, ce liquide satanique…

Il y a toujours un moment, dans cette émission, où j'enrage. À quoi rime donc cette valse ? Des pseudo-médecins starifiés nous apprennent à ne pas mourir, mais personne, dans ce genre de débats, ne saurait au juste expliquer pourquoi il est important de vivre aussi longtemps. Pourquoi vouloir à tout prix dépasser les quatre-vingt-dix ans ? À quelle fin retenir sa mort dans une telle crispation ? Être centenaire, tel est le nouvel objectif, l'horizon de l'époque – quitte à n'avoir rien fait entre-temps, quitte à avoir vécu sans avoir la moindre idée du sens de sa vie... Une sorte de grande avarice... Radins de l'existence... Capitalistes du rythme cardiaque, esclaves des scanners, fétichistes des cellules souches... Cœur qui économise chacun de ses battements, artères qui se mettent en veille. Corps fainéant, sans cesse préservé : comme une vieille relique... Comme une poubelle qu'on refuse de vider. Sarcophage mouvant. Hommes-tortues, assoiffés de salade et d'années. Luxe des âmes qui ne sont pas en marche. Nectar des hommes sans autre destin que celui de rester vivants. Comme s'il s'agissait de fuir quelque chose. D'échapper à une faux redoutablement invisible... Un corps qui ne doit surtout pas être en panne – mais qui fonctionne à vide... Alors, je repense à mon grand-père qui, dans ses dernières années, répétait sans cesse qu'il était capital de savoir mourir – d'avoir l'art de l'au-delà : que ferions-nous sans cette échéance ? Serions-nous capables d'action ? D'amour ? De méditation ?

Tout à l'heure, je suis descendu racheter un stock de fusilli et d'emmental : cinquante euros de pâtes et de fromage – sans compter une petite fantaisie, de l'huile de noisette pour l'assaisonnement. Monoprix me proposa une livraison gratuite, le soir même. Ça m'arrangeait, parce qu'il y en avait pour des kilos. Je remontai la rue du Passage les mains vides, prenant le temps de m'égarer un peu. À l'angle du boulevard Exelmans, je croisai l'homme que j'avais aperçu cheminant à travers les allées du cimetière, le même béret vissé sur le front – un front incroyablement large, lisse comme une plaine, où semblaient pourtant gémir les prémices d'une tempête. Je le suivis distraitement et le perdis du regard au niveau de l'immeuble où habitait Claude François : une tour impersonnelle, toute de dalles et d'insignifiance. On aurait dit un siège d'entreprise ou une administration, mais certainement pas le palais d'un artiste. Quelque chose de tristement bourgeois dans ce lieu de vie : des fenêtres vieillottes, laissant entrevoir des appartements plus gris que les nuages. Seules les inscriptions, sur la porte cochère, témoignaient de la présence de Cloclo, complaintes des fans qui étaient nés trop tard, alors que le spectacle était déjà fini depuis longtemps. Je haussai les épaules avant de m'enfoncer dans les ruelles. C'était étonnant comme les villes semblaient s'emboîter dans la ville : derrière le boulevard Exelmans, caché par la monotone gendarmerie, tapi sous les grands lotissements d'immeubles, se déployait un microcosme de voies pavées et de de villas fleuries. Les maisons étaient presque sans porte – elles semblaient ouvertes au premier venu, généreuses de silence et d'odeurs. Elles avaient sans doute été construites à l'époque où le quartier n'était qu'une succession de pâturages solitaires, de fermes interposées entre les champs ; puis la métropole les avait dévorées de ses tentacules, les avait assiégées d'un rempart d'immeubles hautains, les avait privées de l'horizon. Ces maisons, personne ne les avait tuées ; on les avait, gentiment, poliment, séparées de leur monde – on leur avait arraché la terre sur laquelle elles s'établissaient, on les avait éloignées de leurs plantes, des perspectives qu'elles aimaient. Elles n'avaient pas bougé, exilées en elles-mêmes. Je continuais d'avancer. Il n'y avait pas le moindre passant, sauf deux lycéennes qui couraient derrière un chien. Au hasard d'un croisement, je retrouvai mes repères : la rue du Passage était à gauche. Le vieil homme au béret refit une apparition – il sortait du cimetière.

Les grilles bâillaient, ceinturées de murs délavés, jaunes d'abandon. La loge des gardiens était vide : elle donnait l'impression de lancer un ineffable défi. Rien au-devant, juste un petit chemin de terre, timidement rectiligne, argileux et terne, qui marinait dans des flaques sans reflet. Et, de part et d'autre, des tombes, sages, disposées comme des boîtes à chaussures. Le cimetière nous regardait les yeux dans les yeux. Il n'était pas le même que depuis le balcon. Sa surface était beaucoup plus vivante, quand il nous dévisageait de face. C'était une forêt d'absence, habitée par un peuple de stèles. À même le sol, les monuments se dressaient, petites tentes voûtées dans une tourbe compacte, tout en muscles et en feuilles mortes. La musique du froid. La pitié des murs. Vallée fragile cernée de la ville. Voilà ce que le monde avait gardé de l'homme : des petits bouts de marbre, quelques noms griffonnés en lettres d'or.

Un employé parut au loin, poussant une poubelle. Il regagnait lentement sa loge et me salua d'un œil méfiant, comme pour me signifier que je n'étais pas le bienvenu, que je n'avais rien à faire ici. Puis le gardien se posta devant la grille et, de me sentir observé, je m'engageai à l'intérieur du cimetière. Je quittai assez vite le chemin principal pour échapper à la surveillance de l'employé. On ne devait pas avoir l'habitude des gens comme moi dans ce cimetière : oh, il y avait bien, sans doute, des excentriques, des promeneurs et des gothiques, des ahuris et des détraqués, des pleurnichards et des névrosés – mais des gens comme moi ? Des gens qui viennent sans savoir pourquoi, qui répondent à un pèlerinage inexplicable ? Au cimetière d'Auteuil, les furieux de cette sorte n'ont aucune raison d'exister. Sans doute ma présence brusquait-elle un peu l'ordre des choses. À cette idée, je m'isolai de plus belle, pour arriver au niveau d'un somptueux mausolée, festonné de partout, rocambolesque de voussures, entouré de cyprès qui croissaient de travers. Une famille de ducs italiens, de Florence qui plus est, avec des noms d'aventuriers... Ça faisait voyager, d'imaginer leur enterrement, sous Napoléon. Que de choses avaient changé, depuis. Mais la tombe était toujours en place, encalminée dans son éternité de suie.

Par endroits, des arbres se dressaient, bousculant les sépulcres. La terre, à leur niveau, s'avérait turgescente, prête à déverser des torrents de mémoire. Les racines s'étendaient à la surface, comme si elles ne pouvaient s'enfoncer dans ce sol qui était trop suspect pour soutenir la vie. Quelque chose, en leur sève, s'abreuvait de la dévastation. Ces arbres carnivores rêvaient d'une viande absolue. Dans cette futaie, ils portaient la mort à bout de bras, avec un je-ne-sais-quoi de venimeux dans l'allure. Étaient-ils encore tout à fait des plantes ? Des plantes comme les autres ? Bien sûr, ils avaient, eux aussi, tout un attirail de végétation – une authentique tronche d'arbre : des branches, des tiges et du vert pour couronner le tout. Mais quelque chose les trahissait. Ils avaient l'air de patauger, comme des algues, dans une mare infecte où tout foutait le camp. Dans cette grande baignoire, ils semblaient dépassés. Le cimetière, d'ailleurs, était un drôle d'endroit pour observer des plantes. Un étrange point de vue pour contempler la ville. Un terrain vague où se dessinait la hauteur des façades, nefs exsangues dupliquées à l'infini qui s'élançaient vers le ciel, étages empilés les uns sur les autres, bariolés de lucarnes. Partout, des murs gris. Derrière ces murs, on en devinait d'autres. C'était ça, notre condition : être des hommes empilés ou rangés. Nivelés en hauteur ou ordonnés à même la terre. Comme si la stature des immeubles se projetait sur le quadrillage des caveaux. On nous alignait toujours.

Il y avait une chose que je ne m'attendais pas à voir : les stèles, surtout les plus récentes, affichaient çà et là quelques photographies. Un homme ne se réduisait plus à ce que son état civil pouvait dire de lui, ni à l'hommage d'une épitaphe. On n'allait pas non plus graver sa biographie dans le marbre – alors, faute de mieux, on montrait son visage, pour suggérer tout ce qu'on aurait pu dire de lui. Comme un cliché d'identité épuré des contraintes officielles. Un couple posait par exemple en sépia dans un jardinet ensoleillé, parmi des hibiscus et des bougainvilliers : les défunts avaient la cinquantaine sur ce cliché, et se tenaient debout, côte à côte, sans se donner la main, esquissant un sourire ni vraiment grave ni tout à fait léger. Pourquoi, quand ils étaient morts, avait-on choisi d'eux cette photographie-ci plutôt qu'une autre ? Pourquoi s'être décidé à les représenter dans leur cinquantaine et non dans leur jeunesse ou leurs ultimes années ? Que signifiait cet âge en particulier ? Exprimait-il mieux que les autres ce qu'ils avaient été ? Se tenait-il sur l'instable crête de l'existence, à mi-chemin de la vigueur et du dépérissement ? Étranges, les photographies de cimetière. Car le prénom reste celui de l'homme du début à la fin, façonne l'identité en s'accrochant à elle ; mais le visage est à lui seul un trombinoscope infini. Il ne devrait se dire qu'au pluriel : qui n'en change pas en l'espace d'une vie ? Se dit-on un beau matin, au moment de se photographier : tiens, cette image de moi-même ne me dépeint ni trop heureux ni affligé, ni sérieux ni relâché – elle ira parfaitement sur ma tombe ?

L'employé repassa, avec une autre poubelle. Je m'étonnai de le voir fumer. J'aurais cru que c'était défendu, le tabac, qu'on chasse de partout, des plages et des aéroports, des jardins et des cinémas. À bien y réfléchir, ce n'est pas surprenant : les cimetières demeurent les seuls lieux publics où la cigarette se voit autorisée et le bavardage ostracisé. Je me permis d'en allumer une et j'observai les tombes d'un œil nouveau. Une curieuse sérénité se dégageait de leurs écritures – des lettres que les veufs déposaient sur le marbre d'une épouse enterrée, des mots que les veuves destinaient à l'homme qu'elles avaient connu. L'amour semblait s'être libéré en se gravant sur ces plaques funéraires. En atteignant son expression ultime, il avait guéri de ses incertitudes troublées, de ses revirements permanents, des intermittences qui le rendent vulnérable. Les glyphes le dispensaient de balbutier. Ne restait que l'essentiel, dans ces mots de bronze : « À la plus femme des femmes. » « Ta mort nous a séparés. La mienne ne nous réunira pas. Ne subsistera de nous que la mémoire de l'amour. » Çà et là, des bouquets de fleurs fanées, des coquillages exotiques, des galets et des statuettes venaient concentrer une histoire à défaut de l'écrire. Tout semblait indiquer que l'amour avait besoin d'en finir avec le quotidien pour rayonner, de mourir pour couronner sa promesse, de se figer pour s'élever par-delà le temps et de trouver, dans cette élévation, l'harmonie qui l'animait depuis le début. « Je t'aime » ne se dit qu'au passé, une fois la déclaration devenue acte et la flamme exaucée dans sa combustion. C'est l'épreuve de l'existence qui confère à l'amour sa plus altière santé. Car les couples disposent, eux aussi, d'une historicité, d'une archéologie, d'une mythologie, d'une législation, d'une mémoire, de monuments, de maladies, d'infarctus, de cancers, de révolutions industrielles, de périodes de démocratie et de tyrannie, de guerres civiles et de grandes réunions populaires. Il y a, dans les couples, des temps de décadence, de développement économique, d'innovation technique, de conquête du monde, et il y a des âges d'or.

Des âges d'or, c'est le mot. Je repense, en écrivant ces lignes, à cette phrase que j'ai lue tout à l'heure, sur une tombe du cimetière : « Ta mort nous a séparés. La mienne ne nous réunira pas. Ne subsistera de nous que la mémoire de l'amour. » Il a raison, ce pauvre bougre : la mémoire de l'amour, c'est tout ce qu'il nous reste – notre seul héritage, recroquevillé et moisi. Une mémoire hantée par un passé qui se remâche en nous, infatigable et profond, sublime et infiniment supérieur à la trace qu'il aura laissée. Je crois décidément que mon veuf éploré a tout dit : nous sommes des musées de défaites, à faire reluire des antiquités qui ne brilleront plus, à les astiquer l'air rêveur, en imaginant un instant que nous les touchons pour la première fois. Nous les palpons, riches d'une révérence artificielle, comme pour oublier qu'elles sont détraquées de partout. Nos paupières se joignent, et nous partons, aventuriers du nombril, à la recherche d'une couleur immaculée. Nous violentons nos synapses jusqu'à la migraine, prêts à embraser les neurones inutiles qu'elles font communiquer en vain, disposés à tout sacrifier, pour peu que nous défrichions l'hier. Un seul indice comblerait nos céphalées : si seulement nous saisissions, au vent, la nuance d'une étreinte, l'écho d'une obscurité, le prisme d'une alcôve – bref, des fulgurances éteintes, mais spasmodiques encore, riches d'un vestige d'électricité... Ce que nous cherchons ? Un infime détail qui ressusciterait tout. Une poussière qui recréerait un univers entier.

Prenons Alma. Ne m'arrive-t-il pas, parfois, de m'allonger sur mon lit – et de faire revivre quelques fragments du temps où nous étions ensemble ? Je ferme les yeux. J'essaie de faire abstraction de toute l'histoire que nous avons vécue. J'oublie le jour de notre rencontre, nos dialogues, nos au revoir. Je me concentre intensément. Et des images naissent. Des images, pas des souvenirs, car j'ai l'impression de les voir pour la première fois. Alma est face à moi. Où la scène a-t-elle lieu ? Peu importe. Quand ? Toujours, ou peut-être jamais. Alma est donc là. Nous nous dépucelons du regard. Je m'engloutis dans ses pupilles, je m'évade de moi-même et ses baisers m'ouvrent les sentiers des nuages. Les yeux mi-clos, parmi les tensions apaisées et son odeur de menthe, je recueille, entre ses lèvres, le goût de l'ineffable. La fusion horizontale et souriante de toutes choses. L'inauguration du ciel en l'homme. Une échappée vers l'égalité d'âme. L'esprit se recouvre librement du secret. Tout ce qui fut s'abroge. Le monde s'est désépaissi, et je ne sens qu'une grande indifférence : une suspension de tout – même, peut-être, de l'amour.

Je sais, bien sûr, que ces moments ne naissent pas de mon imagination. Je ne peux m'empêcher d'admettre que je les ai vécus. Qu'ils appartiennent à ce qu'il faut bien appeler une mémoire. Oui, je sais que le passé s'est éclipsé sans avoir vraiment disparu. Il se tient sur une crête dansante, suspendu à un équilibre de larmes. J'ai beau lutter pour retrouver cette sinueuse origine. J'ai beau tendre le bras vers un flux de souvenirs décatis. Le passé, malgré tout, se refuse. De lui, je ne saisis qu'une invincible ellipse. L'ellipse que je suis. La mienne, la nôtre : celle du temps que personne n'a jamais traversé à l'envers.

5

La nuit m'avait échauffé. Tout au long de mes rêves, des personnages avaient exécuté des pantomimes fantasques. Compagnes transposées ou fictives, fantasmagoriques à souhait, inconnues enveloppées de grâce – ces silhouettes s'étaient retrouvées dans mon lit pendant que je dormais. Je me suis réveillé plein de cette étrange bougeotte. À ma droite, Céline semblait partager mon état. Nous avions fantasmé ensemble et parallèlement, en même temps et à distance, chacun dans sa petite autoroute de songes. La seule harmonie entre Céline et moi advient quand nous fermons les yeux, pour nous tromper mentalement.

Céline était donc là. J'avais fini par la rappeler, et je partageais l'aube avec elle, sans savoir s'il fallait que je m'en sente coupable. Je l'embrassai par le sexe. Elle émergeait peu à peu de la nuit, se tortillait de volupté, quittait le sommeil des sens pour celui du plaisir. Faire l'amour le matin est un malentendu : chacun continue de s'ébattre avec un fantôme d'amour.

Au début, je crus que j'étais sur la bonne voie. Je l'entendais gémir, et se mêlaient à ses râles les apparitions de mes rêves. Céline se laissait caresser, je m'appliquais sans trop réfléchir à ce que je faisais, tâchant de m'abandonner à la sensation de l'instant. Nous commencions à nous frotter l'un contre l'autre, par saccades légères et imprévues. Une érection naissait lentement, et je sentais les spermatozoïdes s'amasser, remonter le long de mon urètre, se ranger au niveau du gland, attendre l'alerte pour sortir. Mon corps se contractait, chargé à bloc d'une énergie qui me prenait presque au dépourvu. Bref, tout était en place et la logique du désir gagnait du terrain. Je n'étais, bien sûr, plus tout à fait moi, et elle n'était plus vraiment Céline : nous allions jouir tous deux par procuration, chacun à travers son double nocturne.

Une voix commença à poindre en ma conscience, comme pour me secouer de l'intérieur. « Surtout, me menaçait-elle, ne lâche rien… Continue dans cette lancée… Vu l'échec monumental de l'autre soir, tu dois absolument te rattraper… » L'échec ? Mais quel échec ? Est-ce ainsi, en termes de victoires et de ratés, qu'il faut parler de ça ? « Comme tu voudras… Tu auras tout le temps de te justifier quand tu rumineras ta honte… » La voix continua de me sermonner, et mes muscles se déchaînèrent : ils s'agitèrent comme sur un trampoline. D'une seconde à l'autre, je perdis les commandes, sollicité de partout : attention à ne pas trop suer… continuer d'être dur… ne pas faire de concessions sur la vitesse de mes mouvements... bien la regarder dans les yeux... tenir bon, jusqu'au bout... J'avais l'impression d'assister à un décollage raté depuis une tour de contrôle. Dois-je préciser que mon pénis se rétrécit comme un accordéon replié, qu'il se raccourcit comme un abricot séché ? Devrais-je plutôt dire qu'il creva comme un pneu ? L'essentiel n'est pas du côté de ces subtilités, mais dans le regard désolé que m'adressa Céline, vingt minutes après s'être habillée. Nous prenions un café, elle s'apprêtait à partir et, tandis que j'allumais ma troisième cigarette, elle lança, l'air de rien : « Tu devrais fumer moins, ou carrément arrêter. Peut-être que tout ça, c'est parce que tu fumes trop... Ne le prends pas mal, hein, ne crois pas que je ne suis pas contente à cause de ces histoires d'érection, mais je dis cela pour toi : c'est dommage, après tout, que tu ne prennes pas de plaisir. »

Céline a doublement raison : je devrais arrêter de fumer et je ne prends pas de plaisir, pas plus avec elle qu'avec une autre. Comment pourrais-je seulement en ressentir ? Je suis resté en couple avec Alma, qui m'a quitté il y a sept ans. Pourquoi cette séparation me rendrait-elle célibataire ? L'absence ne change rien à l'affaire, car l'exil fut inscrit dans notre amour dès son éclosion : nous ne nous étions pas encore rencontrés qu'une distance nous détachait l'un de l'autre.

Alma, d'ailleurs, ne m'a jamais menti : elle m'annonça dès les premiers instants qu'elle partirait vivre, après son baccalauréat, en Floride – la terre des hommes heureux. Elle était assise au premier rang, face au professeur de mathématiques qui, yeux de chouette, cuvait ses cuites en griffonnant des équations. Les fonctions se dessinaient sur le tableau, malhabiles et idiotes, tandis que la craie continuait de tracer ses insignifiances de chaux. De temps à autre, une crampe obligeait le professeur à s'arrêter et, pendant qu'il soufflait sur sa main comme pour réparer une turbine en surchauffe, la classe demeurait suspendue à ses doigts, désireuse d'absorber encore plus de théorèmes furieux. L'enjeu était de taille : l'examen approchait… Tous ensemble, soudés dans le travail, solidaires dans l'enseignement et solitaires dans les révisions, les futurs bacheliers sacrifiaient l'ensemble de leur énergie pour devenir des adultes comme les autres, responsables devant leur entrée imminente dans le monde du travail. Peu importaient, bien sûr, le chemin parcouru en lui-même, les matières à découvrir, l'intérêt des domaines intellectuels qu'ils découvraient. L'exclusif et tyrannique point d'arrivée justifiait tous les sacrifices : le baccalauréat n'était plus une finalité, mais une destination plutôt qu'une traversée, une cerise remplaçant le gâteau, une enluminure se substituant au texte. Et mes camarades de lycée, quant à eux, jouissaient de cette absurdité, enorgueillis d'aspirer l'encre d'un abruti à lunettes, buvards idiots d'un imbécile. La vérité était qu'ils auraient révisé avec autant d'ardeur si, à la place des mathématiques et de la chimie, on leur avait demandé d'apprendre par cœur les *Stances et poèmes* de Sully Prudhomme, le mode d'emploi d'une machine à laver, les ingrédients d'une pâte à tartiner, toutes les données statistiques de la démographie afghane, l'histoire des relations diplomatiques entre l'Ukraine et la Malaisie depuis 1992, l'identité de tous les ministres de l'Agriculture sous la IIIe République, le nom de chaque fleuve du Suriname (c'est-à-dire, pour ne citer que les principaux : le Coeroenie, le Commewijne, le Cottica, le Kabalebo, la Lucie, le Marowijne, le Nickerie, l'Oelemari, le Paloemeu, le Saramacca, le Sipaliwini, le Suriname et le Tapanahoni).

Depuis le premier rang, Alma patientait, impavide. La stagnation s'était emparée d'elle : arc-boutée sur sa table, elle recopiait les formules affichées au tableau, sans trop regarder les lignes qui défilaient sur son cahier. Elle réglait ses mouvements sur la vitesse du cours. Ses jambes s'enroulaient, lentes comme des pages que l'on tourne. Le professeur, en déclamant son codex de chiffres, la fixait du regard : elle était son métronome. Non qu'elle fût disciplinée. C'était lui qui obéissait à son rythme, soumis à sa docilité. Depuis mon arrière-front, je sentais bien, pourtant, que sa présence mentait : elle s'y évanouissait à l'abri. Son calme était le refuge d'une évasion en sourdine. Les mathématiques glissaient sur son cerveau giratoire et tournoyaient autour sans jamais s'y insinuer pleinement. La science s'extasiait devant elle, frôlait presque son esprit, s'efforçait de l'étreindre, la coudoyait avec assiduité et s'apprêtait à l'envahir – mais son attention se dissipait au dernier moment : Alma écoutait pour ne pas avoir à entendre. Son oreille se pliait aux sentences de monsieur Daltelle mais, si elle s'offrait à l'algèbre, c'était pour que les nombres ne la fécondent pas.

Alma était une diffraction à elle seule. Immobile, elle nous écartait de sa route. Sans gémir, elle se libérait d'être là. On croyait la regarder dans les yeux quand son attention était déjà partie au loin, engagée dans une fuite infinie, que personne, ni nous ni elle-même, n'aurait pu rattraper. Alma filait sans bouger, et courait toujours après Alma : elle était une diversion – enfermée en dehors d'elle-même. Je la voyais, qui faisait semblant d'être une femme, jouant à demeurer inerte, qui ajustait ses lunettes écaillées, recopiant soigneusement la leçon – mais je n'étais pas dupe de son visage en millefeuille : je préférais la deviner ailleurs, concentrée dans des rêveries sans objet. Le cours finirait dans une heure. Captivé par sa jupe tubuleuse, j'avais autant de minutes pour lui proposer de rentrer avec moi.

Alma fut plus rapide que mes mots : elle accepta ma compagnie avant que je n'eusse le temps de la lui offrir. Elle précéda ma séduction : nous nous aimerions à l'irréel du présent. Nous nous assîmes sur un banc des Tuileries. Un pigeon chiait sur une fontaine. Alentour, des enfants pleurnichaient sur une balançoire. Alma me considéra. Son regard était fuyant, perdu dans un entre-deux, égaré dans les entrelacs de son départ à venir, déjà un peu à Miami et davantage encore avec moi. Entre deux lattes en sapin, elle posa ses mains, pâles et presque évaporées. Ses yeux de Fayoum se révélaient fugitifs, mais je savais très bien ce qu'ils fixaient désespérément, ce qui les avait cristallisés. Ils étaient comme une expression de l'histoire de l'amour. Histoire qui est, en somme, toujours la même, déclinée selon les visages, les lieux, les circonstances, la nature des obstacles, des contingences. Les débuts et les fins se ressemblent, comme dans un opéra ; elles font resurgir les mêmes tonalités, se jouent des mêmes mélodies, convoquent d'identiques nuances.

Un avion attendait Alma. Nous avons vécu trois mois à nous promettre l'éternité dans une salle d'attente. Contre la montre. Dans l'empressement et par vent contraire. Le crépuscule commençait à chanter, et nous le préparions comme on attendrait l'aube. Nous avons semé, oui, mais des soupirs : serments et doléances se mêlaient dans une même boue, où nous déposions tout. Des engagements se tissaient, morbides et délicieux. Nous irions au-devant de l'adieu – épreuve par laquelle scintillerait notre foi, destruction qui nous commencerait. Une fidélité s'écrivait, impérissable parce que jamais entamée. S'ébauchaient des dialogues qui n'auraient jamais lieu. Un je-ne-sais-quoi d'émollient s'improvisait, à l'orée du baisser de rideau. Comme des mouchetures d'espoir. Nous avancions par bluettes résignées, à la vitesse d'un feu d'artifice : élancés vers le bouquet final. Autour de nous, le printemps déployait ses éphémères strates de vie. Je me le figure encore, ce décor de bourgeons, comme s'il se reproduisait tous les ans. La porte d'Italie exhibait son pollen sous le regard d'un soleil mêlé de vent. Les Parisiens s'aéraient, redécouvraient la vue du ciel dégagé dont ils avaient oublié les nuances d'azur, s'attablaient à la terrasse du Masséna. Oui, je revois tout. La cigarette et le thé à la menthe. Les femmes arborant des mini-jupes achetées à la hâte, les hommes en veste en jean. Les cours que l'on séchait sans aucune crainte d'avoir une remarque de l'administration ou une pénalité dans le dossier. Les couples de lycéens qui s'embrassaient dans le jardin du quartier, entortillés sur l'herbe, pleins de caresses timides. Les mauvais garçons qui fumaient des joints en cachette dans les buissons, à la vue de tous, mais persuadés d'être discrets. C'est étrange, d'ailleurs : ce petit théâtre, maintenant que je me le représente, j'y repense avec nostalgie. Pourtant, des printemps, j'en ai vécu des dizaines, et sans doute dans des endroits plus beaux. Quand je la fréquentais, cette porte d'Italie me paraissait quasiment détestable. Et, à présent qu'elle appartient au passé, je me torture l'esprit à force de la reconstituer… Tout cela parce que j'y ai aimé Alma ? Un masque de folie règne sur ce qui n'est plus là.

Alma, alors, me parlait de sa voix sans malheurs. C'est très important, une voix, ça fournit immédiatement un résumé de la biographie. Ce sont les cordes vocales qui se prennent tous les malheurs en pleine figure, qui accusent les coups de l'existence, se font plus graves à la sortie d'une rupture, éreintées sous l'effet du stress, noyées, désarmées, chétives et déficientes quand il y a eu trop d'épreuves. La voix accuse et trahit les mots qu'elle véhicule. Elle est une voiture piégée. Alma me répétait souvent qu'elle n'aimait pas la sienne. Et je comprends pourquoi : c'était une voix vierge, qui restait à construire. Elle dégageait des harmonies pures, dépourvues de toute arrière-pensée. De ses lèvres émanait une musique-lumière qui ne disait rien d'elle, sinon qu'elle allait vivre.

Je la regardais parler. Ses lèvres retenaient le sablier du départ – et pourtant, je l'apercevais déjà qui s'en allait vers son destin d'Amériques à investir et de plages violettes. Sa trajectoire s'inaugurait sous mes yeux. J'en étais le vestibule de larmes non versées. Dans son aventure, elle me réserverait un siège où personne d'autre ne pourrait s'installer : celui de ses manquements. Dans l'existence qui s'ouvrirait à elle, Alma serait sans doute heureuse. Peut-être retrouverait-elle d'autres passions, plus intenses que la nôtre. Elle n'aurait qu'à cueillir son destin pour s'envoler au loin. Mais moi, je m'accrocherais à elle : alors qu'elle goûterait au miel de sa vie, je continuerais, pour ma part, à être son champignon. Et, malgré une double distance, celle de l'océan et celle des années, je serais le caillou infiltré dans sa chaussure. En Alma, j'occuperais une place initiale – celle de l'exception du tragique. Car il y avait du « tragique » entre nous : je sais ce que ce mot peut avoir de guindé, mais je ne songe pas, en l'employant, aux tragédies pleines de guimauve qu'on trouve dans les livres d'antan. Je n'ai pas en tête le « tragique » des couples qui se séparent pour sauver l'honneur de Rome. Ni celui des mères qui fantasment sur leur puceau de fils. Je ne pense pas non plus à la souffrance de tous ces romantiques qui ne souffrent de rien, sinon de leur amour des larmes. Mais je veux parler d'une tragédie insensée : celle des sacrifices absurdes que la vie nous réclame. Ne nous oblige-t-elle pas, elle aussi, à renoncer au bonheur ? N'ai-je pas moi-même été contraint de laisser partir une femme à l'aéroport sans lui faire la moindre remarque, sans essayer de la retenir ? Et au nom de quoi ai-je sacrifié cet amour ? Était-ce à cause de la volonté d'un dieu ? Était-ce sous le poids de je ne sais quelle idéologie ? Était-ce pour me plier aux lois sacrées d'une nation ? Non : j'ai perdu mon destin sans la moindre raison. Alma partait seulement faire ses études à l'étranger – et moi, j'avais dix-huit ans. Rester ensemble n'était pas dans l'ordre des choses, voilà tout. Il n'y a rien à dire de plus et c'est précisément ce « rien » que je trouve tragique.

Ne pouvais-je pas la retenir et enrayer ce destin ? Ne devais-je pas saisir l'occasion d'une parole, peut-être d'un regard, pour empêcher ce départ et la prier de rester ? N'était-ce pas ce qu'elle attendait secrètement – parmi les autres secrets qui traversaient son visage ? Elle marchait, presque cadavérique, le long du dépose-minute. Son pas était interminable et laconique, absurde comme peut l'être un au revoir, livré à cet alliage bâtard de précipitation et de lenteur, à l'image de ces voyageurs qui, quand le bateau s'éloigne du rivage, contemplent jusqu'au bout le port qu'ils quittent avec regret, et soupirent de soulagement au moment où la grève roule derrière l'horizon.

Alma tenait son billet d'embarquement, sur lequel figurait, glacé et stupéfiant, le nom de Miami. Enfouie dans son coussin de voyage, elle avait encore le front rouge des larmes qu'elle avait versées, la veille, aux Tuileries, quand nous étions revenus, au terme d'une longue promenade, sur le buisson où notre parenthèse s'était ouverte. Et en cet instant que, pendant trois mois, j'avais feint de ne pas craindre mais que j'avais tant imaginé, j'eus, moi aussi, envie de pleurer. L'alternative était évidente : pleurer ou résister. Payer le prix de la résignation ou me soulever contre l'adversité. Mais non, je ne pleurerais pas. Je chasserais la larme, tapie dans son bourgeon huileux. Je refuserais. Je me révolterais. Contre l'ordre des choses. Contre l'impossibilité d'aimer. Contre l'exigence virile de privilégier sa réussite au détriment de sa sensibilité. Contre la manière dont on choisit sa femme après avoir gagné sa vie, comme on achèterait une voiture. Contre le terminal de Roissy. Contre le billet d'avion, qui obligeait Alma à partir à jamais. Contre le poids des obligations.

Contre l'obligation de laisser partir celle qu'on aime, de conserver toute sa vie le poids de quelques larmes. Contre le sacrifice obligatoire du bonheur pour le confort. Je résisterais, dussé-je foutre en l'air ma propre vie. Je raterais mes études, suiciderais mes possibilités, me mettrais tout le monde à dos, passerais pour un romantique à moitié puceau, attaché à mon premier amour, s'il le fallait. Car quoi qu'il advînt, je ne pouvais rester seul à Paris : dans combien de lieux m'avait-elle emmené ? Combien de chaises, de bancs, de cafés, de pelouses, de magasins portaient le suaire de nos mots, la buée de nos cœurs ?

Mais l'heure de l'embarquement était déjà dépassée de quelques minutes. Ma larme s'écoula, et avec elle quelque chose de mon âme. Nous pénétrâmes dans le terminal, à la recherche de la porte où elle devait se rendre. De me savoir marcher auprès d'elle, parmi tant de couples en voyage, de me sentir, à travers ces adieux, exercer une dernière fois le rôle de mari que j'eusse aimé endosser plus longuement, je la vis un instant comme ma femme, alors qu'elle n'était, aux yeux de la société, même plus ma petite amie. Elle m'embrassa avec fougue, m'emplit de mille paroles d'amour déclamées à la hâte, comme une prière aux mots avalés, puis présenta son passeport à l'hôtesse. L'escalator commençait déjà à l'engloutir, néantisant son buste, ses épaules, ses jambes. Alors qu'elle pénétrait dans le portique de sécurité, elle s'arrêta et se retourna pour me regarder. Un policier lui indiqua qu'elle gênait le passage et la pressa d'avancer. Elle avait disparu.

Elle n'avait attendu que cela, que je saisisse l'occasion de la retenir. Je suis pourtant au nombre des hommes sans destin : ma condition est de larmoyer dans un aéroport. Je sais bien que les occasions saisies sont les plus vengeresses, qu'elles nous font payer notre acharnement à les enfourcher, qu'elles finissent toujours, un jour ou l'autre, par nous affaiblir jusqu'aux os à force de macération. J'ai aimé Alma. Notre histoire fut vide et parfaite, à l'image des aventures qui ont failli commencer, bloquées sur les starting-blocks, restées sur la tangente. Je voudrais rendre hommage aux épopées des antichambres. Alma fut mon adieu à l'enfance : la garantie du regret.

6

J'étais presque arrivé au cabinet d'hypnose. En sortant du métro, station Saint-Philippe-du-Roule, je profitais de ma dernière cigarette. Ma dernière, façon de parler : j'en étais à ma millième dernière. À chaque fois qu'allumant une cigarette je décrétais qu'elle serait l'ultime, la même profonde tristesse m'investissait, aussitôt sa résolution adoptée : hélas, voilà tout ce que je pensais. C'était le deuil du Léonard fumeur que je devais en effet entreprendre, pour donner naissance à un homme nouveau, soucieux de son propre corps, respectueux des gémissements de son organisme, circonspect devant sa santé. Mais ce deuil total, à mesure que je me l'imposais, me donnait l'impression de tourner en rond. S'arrêter de fumer, prendre soin de son corps, craindre les maladies éventuelles ou futures, c'est déjà le retour d'une faiblesse : nous laissons la mort nous obséder, elle qui, de fait, nous menace de partout, dans la cigarette et dans son absence, sous la fumée et en dehors d'elle.

Quand je sortais avec Alma, ce souvenir est très net en mon esprit, je lui avais dit, au détour d'une conversation, qu'elle pouvait avoir en moi une entière et solide confiance, que je tiendrais toujours mes promesses en matière de fidélité ou dans tout autre domaine – mais que je me réservais, avec la cigarette, une contrée pour le mensonge et la trahison. « Quant au tabac, lui avais-je annoncé, je ne cesserai jamais de te mentir, de te dire que j'arrête pour mieux reprendre en cachette, de te dire que je n'ai pas fumé depuis une semaine alors que je n'ai fait que cela… » Pourrais-je, me demandait-elle, l'aimer de toute éternité ? Assurément. Lui vouer une fidélité sans brèche ? Sans la moindre difficulté. Ne pas passer une seule nuit sans dormir à ses côtés ? Fournir la meilleure éducation qui fût aux enfants que nous pourrions avoir ? Avec le plus grand des plaisirs. Emmener notre petite fille bruncher le dimanche matin ? Le plus certainement du monde. La conduire au musée ? Lui apprendre l'anglais ? Lui torcher les fesses ? Changer ses couches ? Loyalement, je m'acquitterais indubitablement de ces promesses. Si, un jour, je devais perdre un rein pour le confier à Alma, irais-je jusqu'à me le faire retirer ? Oh, non seulement je consentirais à ce sacrifice, mais je serais prêt, en outre, à me mutiler d'une jambe, à m'éclater les deux testicules, à sauter par la fenêtre, sur sa simple demande. Et, osait alors Alma, serais-tu prêt à arrêter de fumer pour me prouver ton amour ? Ça, je ne le ferais jamais, ni pour elle ni pour aucune autre femme. Le monde entier serait-il menacé d'extinction à moins que je ne renonce au tabac, je le laisserais crever sans hésitation, et avec lui l'espèce humaine, le tout sans le moindre scrupule, pour peu que je puisse, quotidiennement, consumer un paquet de Marlboro.

Pourquoi Céline a-t-elle réussi à franchir une barrière contre laquelle Alma se brisa les dents ? Parce qu'elle m'a apporté du concret : pas le poncif du cancer que je choperai dans vingt ans. Pas les crises cardiaques de la cinquantaine. Pas les enfants qui ne pourront pas naître. Ni les insuffisances respiratoires et autres images d'Épinal. Pas la veuve qui pleurniche sur la tombe de son mari. Pas : « Demain, si tu continues, tu te feras du mal. » Mais du tangible : « Aujourd'hui, en fumant, tu t'en fais déjà. » Et surtout, tu n'es plus au goût du jour : ne lis-tu pas, dans les journaux, que le tabac est désormais considéré comme un marqueur sociologique signalant une frustration quotidienne, une insatisfaction au travail, un manque de confiance en soi ? Les femmes ne cherchent plus Baudelaire : elles veulent du muscle. Ne vois-tu pas les boutons peupler ton visage ? Ne perds-tu pas du temps à retirer, chaque mois, les poils incarnés qui recouvrent tes bras ? Ne comprends-tu pas que tu pues de la gueule ? N'as-tu pas remarqué que le mythe de l'homme en costume qui fume dans son avion pour New York est périmé depuis des décennies ? Que seuls les acteurs sadomasochistes fument dans les films pornos, avant de venir fouetter leurs soumises ? N'as-tu pas appris qu'Anne Hidalgo a désormais interdit de jeter sa cigarette par terre, dans la rue ? Que te faut-il de plus pour comprendre que tu es et seras, tant que tu fumeras, un exclu, un misérable dépressif, un faiblard, un malheureux ruminant ses malheurs de l'enfance sur le divan d'un psychanalyste, un souffreteux qui, dans les boîtes de nuit, au lieu de danser ou de séduire une femme, court petitement, s'agite dans tous les sens à la recherche d'un espace fumeur ?

Ça se tenait à merveille. Si bien qu'avant de prendre la résolution de m'arrêter de fumer, j'étais allé consulter l'état de mon corps. En commençant par un spermogramme : l'idée de ne pouvoir accéder à l'immortalité par l'engendrement m'obsédait davantage que celle de mourir avec dix ans d'avance. Au centre d'analyses, un infirmier m'indiqua une salle que décoraient des affiches de toutes sortes : « Lavez vos mains pour ne pas contaminer vos voisins », le fameux « Vous buvez un peu, il boit beaucoup » adressé aux femmes enceintes, le célébrissime « Autopsie d'un meurtrier » énumérant toutes les maladies relatives au tabac, l'étonnant « Vingt minutes de sport réduisent vos chances de crise cardiaques », le prudent « Les situations varient, les modes de protection aussi ». Sur une chaise trônaient quelques revues érotiques mais, pensant aux mains qui avaient dû alternativement les manier et se masturber, je préférai ouvrir un film pornographique sur mon téléphone. Celui que je regardai était original :

l'éjaculation faciale eut lieu dès le début et, de voir toutes ces coulées blanches sur les joues et la langue de l'actrice, d'avoir l'impression d'entendre des hurlements de spermatozoïdes, je fus saisi d'une vive inquiétude. Je me rabattis sur des lesbiennes et parvins à oublier le motif de ma masturbation. Au lendemain, l'infirmier me rassura : « Il n'y a pas de raison de vous inquiéter, dit-il en me tendant la feuille des résultats, mais ce n'est pas une raison pour continuer à fumer, bien entendu. » Cette cérémonie m'avait coûté, tout compte fait, cinq paquets de cigarettes.

Il importait encore que je me préoccupe de ma situation pulmonaire et cardiaque. Les poumons, étrangement, ne m'effraient pas, parce que la mort qui provient de leur détérioration prend le temps de s'annoncer, puis de se réaliser en un intervalle relativement long. Le cœur, en revanche, n'a pas d'égard : sans prévenir, sans attendre que vous soyez à proximité d'un défibrillateur, il lâche. Le cardiologue qui me reçut ne sembla rien entendre de toutes ces considérations hystériques et m'imposa un scanner angiographique. Je crus qu'on me sodomisait par le bras, tant la seringue était large. « Vous allez avoir l'impression d'uriner », m'avait prévenu l'infirmière. Mon sang semblait en effet devenu jaune et l'urine sortait, je la sentais, avec honte, comme elle s'écoulait le long de mon pantalon. J'en humectais déjà l'odeur, et mes ganglions, je les entendais aussi, bouillonnants et malsains : une bouteille de sang, voilà ce que j'avais toujours été sans le savoir.

Il paraît que personne ne peut rester plus d'une heure dans une chambre sourde car, dans le silence le plus total, avoisinant une fréquence de zéro décibel, quiconque y pénètre est saisi de terreur à l'écoute de la rivière de sang qui résonne en lui et des rhizomes de flux qui irriguent l'envers de sa chair. Telle était très exactement ma sensation. Mon sang était décidé à me parler. Et puis, quand ce fut fini, je touchai mon entrejambe : elle était aussi sèche que mon âme demeurait tourmentée. La maladie ne s'était pas encore présentée, ce qui n'empêcha pas le médecin de prononcer l'identique « mais ce n'est pas une raison pour continuer à fumer », et de me recommander un hypnotiseur, le meilleur de Paris, selon ses dires.

Le meilleur de Paris m'ouvrit la porte. C'était un homme petit, rabattu sur lui-même, endormi sous ses lunettes, qui serrait la main sans l'emboîter complètement dans la mienne. Le plus étonnant tenait à ce que ses cheveux blonds sentaient eux-mêmes le tabac. Les autres patients – ou clients, c'était de manière aléatoire qu'il fallait choisir entre l'un et l'autre noms – paraissaient totalement égarés, la pupille élargie et vidée : ils savaient qu'ils venaient trop tard, pour sauver les meubles. À considérer attentivement leurs doigts tremblants dans la salle d'attente, on remarquait qu'ils accordaient une importance messianique à l'événement : fi des mille et une pénultièmes décisions d'arrêter la cigarette pour un temps, de réduire leur consommation – c'était bel et bien la dernière chance, l'ultime station avant la garantie du cancer.

La séance d'hypnose était collective mais, avant de l'entamer, le médecin accordait à chacun dix minutes d'entretien personnalisé. Quand vint mon tour, j'expliquai que je fumais depuis sept ou huit ans, à raison de quinze ou vingt cigarettes quotidiennes, mais que, depuis quelques mois, j'étais conscient du caractère purement habituel de mon rapport au tabac : à chaque bouffée, la volupté laissait place à une culpabilité croissante, et l'insouciance à la mauvaise conscience. On me demanda si je prenais ma première cigarette immédiatement après mon réveil et je rétorquai que je n'avais pas de difficulté à attendre quatre ou six heures avant de me mettre à fumer. Le médecin parut rassuré : ma consommation n'était pas démesurée, ma volonté semblait, pour sa part, d'acier, et mon addiction serait aisément vaincue.

Dix minutes plus tard, attendant l'ouverture de la séance, je me ravisai : ce n'était pas ainsi que j'aurais dû formuler ma situation. J'aurais mieux fait de préciser que je fumais essentiellement par plaisir, que dès mon plus jeune âge, quand mon oncle fumait devant moi, je me sentais apaisé par l'odeur chaude qui se dégageait de la cigarette, que j'avais moi-même commencé à fumer quand j'étais devenu sérieux dans mes études – et que, de fait, je ne parvenais pas à travailler dans l'abstinence. J'aurais dû préciser que rien, ni du cancer d'un ami de mes parents, ni des consultations médicales, ni de mes douleurs quotidiennes, ni de la peur de la stérilité, n'avait raison de ma passion. Que j'étais, en un sens, amoureux plus qu'habitué.

L'hypnotiseur entra et tendit à chacun des clients une brochure où des conseils étaient prodigués : ne boire ni alcool ni café pendant deux semaines, éviter la compagnie des amis fumeurs pendant un temps, fuir les soirées et les boîtes de nuit, boire de l'eau, manger des fruits. Puis il nous dit de nous asseoir et se mit à parler. Je ne savais pas si l'hypnose avait commencé mais, en voyant les autres patients fermer les yeux, je supposai que oui et les imitai.

Le médecin évoqua notre peau, notre gorge, nos poumons qui, au moment même où il parlait, devaient devenir douloureux, lourds, étouffés, poussiéreux, acides, toxiques, mortels. Toutes les cinq minutes, il prononçait : « On peut reformuler les choses autrement, si vous le désirez. » Sa voix était rassurante, conciliante : les autres ne prennent pas la peine de venir me consulter tandis que vous, en franchissant le pas de ma porte, vous êtes déjà en train d'arrêter. Vous n'avez pas à être inquiets, vous allez sortir de l'industrie. Les autres ne se rendent pas compte de ce qu'ils font quand ils fument, ils agissent par socialité, par automatisme, pour se faire plaisir. Vous avez compris, néanmoins, que le plaisir de la cigarette n'existe pas : quand vous fumez, vous souffrez ! Dès que vous l'allumez, votre clope, vous avez mal aux poumons ! Les autres n'entendent pas cette douleur. Mais désormais, vous l'avez entendue ! Vous êtes las d'être en proie aux manipulations de l'industrie, de servir de chair à canon à quelque chose qui n'en vaut pas la peine. Vous avez compris que la vie ne comporte pas de seconde manche, qu'il n'y a pas de revanche. Que toute cigarette est sans retour, que c'est comme ça. Votre corps vous le demande. Respirez lentement et essayez de percevoir la pesanteur de votre cœur : on dirait un caillou, une énorme pierre recouverte de tout ce que le monde compte de hideux. Ne prenez pas la peine de vous affoler : vous allez le purifier, votre cœur. On peut reformuler les choses autrement, si vous le désirez. Tenez. C'est comme une machine à laver. Vous y mettez votre linge immonde, pétri de sueur. Il y a du vomi, des liquides séminaux, de la peinture, de la sauce tomate sur votre pantalon. Imaginez les taches bien ancrées, bien profondes, qui maculent vos vêtements. Vous les voyez ? Vous vous dites instinctivement que toutes ces horreurs ne partiront jamais. Mais soyez confiants. À présent, suivez-moi : on va imaginer que vous déposez chaque vêtement, à son tour, dans la machine à laver. Vous y êtes ? Maintenant, mettez autant de lessive que vous voulez, épuisez votre volonté dans la quantité de lessive que vous y versez. Appuyez sur la touche 5, le lavage maximum, pour le linge blanc. C'est parti. Restez devant le tambour, baissez la tête et contemplez votre linge en train de tourner, de s'imbiber de mousse. Regardez-le, comme il se purifie ! Et voilà, désormais, que vous le retirez. Blanc comme neige. Pur comme l'enfance. Candide comme vos poumons roses. C'est exactement ce que vous allez faire de votre corps. On peut reformuler les choses autrement, si vous le désirez. J'ai vu, l'autre jour, un documentaire sur Arte : il y avait un zèbre qu'une lionne pourchassait. À un moment, elle l'a attrapé entre ses griffes mais juste avant le coup fatal, le zèbre est parvenu à se délivrer de son emprise. C'est exactement ce que vous allez faire, en vous libérant de l'industrie. N'en parlez à personne autour de vous. Ne dites pas à vos proches que vous allez arrêter : vous n'avez pas besoin des mille remarques oppressantes des autres. Votre volonté vous suffit. Maintenant, vous allez tendre la main et je vais y placer un paquet rempli de cigarettes. Prenez-le. Voyez-vous à quel point il est empoisonné ? Vous entendez vos poumons, n'est-ce pas ? Que vous disent-ils ? Qu'ils vous supplient de le jeter le plus loin possible ? Alors faites-le. Jetez-le de toutes vos forces.

J'hésitai à en piquer une ou deux pour le retour, avant d'estimer qu'un tel geste eût été fort malheureux, et je m'exécutai. Tout le monde rouvrit les yeux et nous fûmes un instant éblouis. Puis chacun rentra chez soi. Une patiente, la plus âgée, alluma une cigarette devant le porche de l'immeuble. Quant à moi, je ne savais si c'était pour rentabiliser le prix de l'hypnose ou en vertu d'une mutation plus profonde, mais l'envie m'était passée – du moins pour la soirée.

7

Depuis que j'ai arrêté de fumer, je ne travaille plus. Je crois que c'était programmé : ma dépendance à la cigarette était l'euphémisme d'une aliénation plus grande. « Finissez-en avec le tabac », prêchent les curés du corps, mais ils oublient l'essentiel – d'en finir avec ses causes. Car la cigarette n'était qu'un cache-sexe : elle censurait l'ennui. Je m'étais accoutumé à fumer en travaillant, et à travailler pour gagner ma vie. Ma passion du graphisme était progressivement devenue, à mes yeux, un gagne-pain comme un autre. C'est-à-dire une énorme accumulation de commandes et d'exécutions, de logiciels et de maîtrise, de machines à dompter. Et, en face, je recevais un salaire qui se dissolvait dans de nouvelles obligations. Le loyer à assurer. Les courses. Les taxes, les charges, les tickets de métro… Il faut, de toute logique, rester dans la règle. Il importe de travailler : travailler pour couvrir les dépenses qui permettent de travailler. Ce n'est même pas qu'il faut travailler pour vivre, ou vivre pour travailler, puisque l'existence elle-même se perd dans une boucle insensée :

travailler pour travailler. On en oublie bien sûr les sentiments – mais on oublie surtout qu'on les a oubliés. L'oubli de soi et du monde devient le fonds positif nourrissant le mécanisme de la morosité quotidienne.

Quand je dis que je ne travaille plus, j'exagère. D'abord parce que mon congé n'a débuté qu'aujourd'hui. Ensuite parce qu'il fut absolument fortuit. Tout a commencé ce matin, quand je me suis réveillé dans un état que je ne connaissais pas. Une chaleur s'était emparée de moi, qui bouillonnais d'une joie incontrôlable. Elle irriguait mon corps d'une énergie ardente que rien ne consumait, brûlait aveuglément et jaillissait par saccades. Comme un écho d'éternité : un faisceau de lumières venues du cœur. Comme une extase qui redoublait de vigueur, et dont l'irruption si soudaine se révélait malsaine à force d'être électrique. Saturé de santé, je me décomposais d'enthousiasme. Cette puissance sans visage, ouverte à son propre infini, ne demandait qu'à être dépensée, faute d'une cigarette qui pût la canaliser. Pour la première fois depuis longtemps, je désirais faire du sport.

Du sport, absolument – moi qui n'ai pourtant qu'un ennemi : mon corps, cet assemblage de muscles qui n'ont jamais voulu fonctionner, ce cheval informe qui n'arrivait même pas à faire des roulades dans le préau du collège, m'attirant humiliation sur humiliation, moqueries des élèves et mépris des professeurs. Mon corps n'est pas un paresseux : il est sa propre panne. Ne pas bouger d'un pouce, ne pas s'écarter d'un iota, ne pas être normal sur une photographie, des fois que le naturel me livrerait au ridicule. Le ridicule : l'estuaire du spontané, l'océan où se déversent, une à une, toutes mes tentatives de bonheur. C'est au nom de la sacro-sainte crainte du ridicule que j'ai vécu sans exister. Ne jamais explorer ce qui se profilait au-devant, ne jamais tenter une effraction hors de mes cachettes effarouchées, voici les commandements que l'horreur du ridicule a imprimés en moi. C'est sous ses ordres que je n'ai jamais dansé – car oui, je fais partie des casse-couilles qui, dans les moments de liesse, s'enferment dans une cuisine. Mes jambes marchent, depuis un quart de siècle, sur le sentier de leur frustration. Oh, je les sens qui trépignent : qu'elles aimeraient être les jambes d'un autre, se dandiner dans une boîte de nuit jusqu'à l'aube, supporter un sexe qui puisse bander, s'essouffler dans une salle de musculation ! Mais je n'y peux rien : mon corps est une poussière que je ne parviens pas à chasser.

Mon rival de corps voulait donc en finir avec l'oisiveté. Je descendis au Decathlon de la porte de Saint-Cloud, grand bâtiment en coquillage posé entre le périphérique et une station-service, accablé de béton et de bruit. J'y achetai deux haltères et une valise de poids. À la caisse, le vendeur me félicita : c'était bien de s'y prendre dès l'automne… J'aurais amplement le temps de me muscler avant l'été… Quand j'irais à la plage, plus rien ne serait pareil… Une flopée d'yeux me suivraient en permanence… Il y aurait toujours des femmes qui viendraient minauder autour de moi. Le bonheur ne venait pas de l'esprit, ni de l'argent – mais des muscles, mais de l'amitié avec son propre corps... À condition, bien sûr, de s'exercer tous les jours... Ne pas chercher à soulever des masses titanesques... Être à l'écoute de ce que l'on peut faire... Et progresser dans la sérénité... Les résultats viendraient très vite... Vous avez vu mes bras ? Mes pectoraux ? À peine trente minutes chaque matin... Ça vaut bien le coup... Vous savez, il y a une chose que personne ne dit : les sportifs ne sont jamais dépressifs... La sueur, voilà le meilleur remède contre la mélancolie et les mauvais sentiments... Imaginez ce que serait le monde si les hommes étaient tous musclés... À Paris, les gens sont des montgolfières : corps squelettique et tête gonflée... Quarante euros dans des haltères, c'est quand même mieux que de s'abonner à un psychiatre détraqué... Bref, bonne chance ! Vous allez prendre plaisir à devenir un vrai homme...

Je rentrai donc chez moi en traînant la valise à bout de bras : le poids d'un éléphant dans une mallette qui faisait la taille d'une feuille de papier. Tous les dix mètres, je m'arrêtais, la posais délicatement et la reprenais en changeant de main. C'était jouissif d'avoir mal aux tendons. Le corps se manifestait enfin. On en explorait les possibilités. On toisait ses limites. Chaque douleur semblait renforcer le membre qu'elle affectait. Les muscles passaient au contrôle technique. Remplacement des jantes.

Moteur tonifié. Ravalement des pièces. Un projet s'ouvrait enfin, qui concernait mon territoire le plus intime.

Je me douchai avant de me regarder longuement dans le miroir, comme pour dire adieu à la maigreur, adieu à ma poitrine de coq malsain, adieu à mes biceps de poulet diarrhéique. Le temps était venu de la sculpture de soi. J'allais enfin habiter ma chair. Emménager dans ce foyer où j'avais toujours vécu, mais dont la beauté m'était restée étrangère. Je me mis en caleçon, allumai la télévision, et commençai à travailler mes abdominaux. Une émission de divertissement parlait des méthodes permettant de gagner au casino. Quelques experts les exposaient entre deux blagues graveleuses. Du coin de l'œil, je les écoutais parler, trop concentré à violenter mon ventre. Je ne compris rien aux techniques du black jack, bariolées de formules mathématiques et de concepts obscurs. Mais, tandis que je m'acharnais toujours à faire poindre mes plaquettes – qui continuaient de s'enfermer dans mon ventre –, le chroniqueur évoqua la roulette. Ah, la roulette… Un jeu assez minable… Sans la noblesse du poker… Sans l'élégance du black jack… Sans l'imprévisibilité des machines à sous… Vraiment, un truc d'idiots, de gens qui viennent au casino pour s'ébahir devant une boule agitée… Rien de compliqué, dans la roulette… Il existe deux techniques, toutes défectueuses… La martingale consiste à doubler la mise à chaque perte… Et le paroli, qui double la mise à chaque gain selon des cycles de deux ou trois coups... Dans un cas, on remboursait ses pertes... Dans l'autre, on avait sept chances sur huit de tout perdre... La martingale offre un bien assuré mais modique, le paroli des bénéfices importants mais incertains... Le chroniqueur balaya le sujet d'une conclusion hautaine : « La seule technique, à la roulette, c'est le hasard ! »

Je laissai tomber mes haltères et déclamai, à trois reprises, la phrase que je venais d'entendre à la télévision : « La martingale offre un bien assuré mais modique, le paroli des bénéfices importants mais incertains. » Le chroniqueur avait raison. Ces deux techniques, considérées séparément, étaient défectueuses – mais si elles présentaient chacune leurs vices et leurs vertus, ne pouvaient-elles pas se compléter ? Pourquoi fallait-il choisir entre elles ? Entre un bien assuré mais modique et des bénéfices importants mais incertains, pour quelle raison devions-nous trancher ? Ne pouvait-on pas opter pour un gain important et certain ? Alors, je pris mon stylo et commençai à modéliser une méthode qui grefferait la martingale sur le paroli, ou le paroli sur la martingale. Non, je ne me trompais pas, les deux astuces se combinaient parfaitement, du moins en théorie.

Imaginez que, par le hasard d'une séance inopinée de musculation, vous découvriez une manière totalement oisive de gagner un argent fou. Vous n'êtes pas statisticien, vous n'avez jamais aimé la science et ses mathématiques, mais c'est sur vous qu'est tombée cette intuition alchimique. Comment réagir ? Par le doute. Je ne pouvais croire sincèrement que mon alliage de paroli et de martingale fût autre chose qu'un mirage. Alors, je me précipitai sur mon ordinateur, dénichai un simulateur de roulette et m'entraînai pendant des heures. Les gains affichés étaient astronomiques. Peut-être, concédai-je, le simulateur informatique était-il pipé : je le remplaçai en jouant à pile ou face (pour calculer les probabilités de tomber sur un nombre pair ou impair) et, pour m'improviser des jetons de fortune, je rassemblai tout ce qui était à portée de main – capsules de café, pièces jaunes, cigarettes, préservatifs (qui, au demeurant, ne servent qu'à me donner l'illusion que je pourrais m'en servir), grains de riz. Et j'ai répété mon martinli – j'invente ce mot-valise, d'une laideur indéniable, pour baptiser mon invention – jusqu'à avoir raison de ma prudence.

Au bout d'une journée, j'en ai la conviction absolue : ma méthode marche à merveille. La seule injonction qu'il faut absolument se fixer, pour être vraiment certain de gagner, est de ne pas avoir peur, de rester confiant en toute situation : si je perds six fois de suite, et que ma technique impose donc de miser des centaines d'euros, je ne dois absolument pas renoncer à le faire. Ma seule règle est une injonction psychologique : il est vital que je garde confiance en moi. Cette confiance demeure, par ailleurs, légitime, car j'estime, au terme de mes préparations intensives, que mes chances de sortir gagnant du casino sont supérieures à 90 %.

Ciel et terre

Le casino d'Enghien n'est qu'à une heure de transports. Il ferme dans trois heures. Le temps de refermer mon cahier, de mettre mon manteau – et je file.

8

« Les gens veulent plus d'argent ? Ils n'ont qu'à aller au casino ! » La phrase est sortie d'une voix naturellement lisse, glissant dans la conversation. Le président a esquissé un sourire taquin après l'avoir prononcée. Ses lèvres se sont légèrement distendues, laissant entrevoir une gêne mêlée de second degré. Au sein de la pièce, des gloussements ont éclaté çà et là, flottant dans un nuage d'onomatopées. Une vidéo de cette séquence de la vie élyséenne, certainement enregistrée à la dérobée, est diffusée, depuis une semaine, dans tous les médias possibles et imaginables. Il suffit d'allumer son téléphone ou d'entrer dans un café pour l'entendre – comme un miroir de la France d'aujourd'hui.

Le président s'est fait élire sur un programme – il meurt politiquement sur un trait d'esprit. Car il faisait allusion, à travers cette boutade, à la polémique du mois : des automobilistes manifestent, essentiellement dans la « diagonale du vide », pour réagir à une hausse des taxes sur les carburants. Chaque samedi, ils défilent par les routes de France : ce n'est même plus le patronat qu'ils remettent en question, ni le capitalisme dans son ensemble. Ils se battent pour continuer à aller au travail paisiblement. Cela fait longtemps qu'ils ont perdu l'espoir de modifier leur condition, alors ils revoient leurs exigences à la baisse. Leur revendication ? Faute d'optimisme, ils se sont résignés : ils n'aspirent même plus à se délivrer de la domination – alors, au moins, ils demandent à ce qu'on les domine tranquillement.

La réplique du président déclenche des torrents d'indignation. Un équilibre, dans la France, semble se briser. C'est désormais officiel, les pauvres ne disposent que d'une seule perspective de salut, à savoir le casino. Oui, le casino : perdre ce que l'on a, se déposséder de tout, dans l'horizon d'avoir... peut-être... une chance de gagner. Une chance sur dix, sur cent, sur mille. Peu importe. Les hommes deviennent des portions d'hommes. Des centièmes d'âme. On pariera désormais l'existence pour exister. Il n'y aura plus de recours ailleurs que dans la cécité du hasard.

Le casino, je n'ai pas attendu les conseils du président pour le fréquenter. À vrai dire, je ne vais plus au « casino » : je me rends au travail. La roulette électronique est l'open space où je garantis mes fins de mois. Tous les jours, après ma séance de musculation, je prends le RER d'Enghien avec professionnalisme, car je me suis très vite délesté des traversées d'adrénaline : désormais, à peine ai-je présenté mon passeport au vigile que je sais la victoire quasiment assurée. Une seule méthode : ne pas jouer par honneur. Ne rien chercher à se prouver. Ne jamais céder aux susurrements du zèle. Fuir la mégalomanie et la tentation des grandeurs. Ne pas aspirer aux records. Ignorer le fantasme du triomphe. Raser toute pointe d'orgueil. Comprendre qu'il faut être mesquin, à la limite de la médiocrité, pour l'emporter. Ne pas hésiter à miser un euro sur la couleur noire. M'attirer, s'il le faut, les moqueries de mes voisins de table qui, eux, sont venus pour épater la galerie. Il faut, en somme, se montrer discipliné dans ce lieu voué à la frénésie, et rester insensible à l'appel grisant de la musique d'ambiance dont les notes rutilent tels les jetons d'une harmonie fiévreuse. L'alternative, au casino, est d'une exquise simplicité : on peut s'adonner à sa couleur locale jusqu'à se fondre en elle, y engager toutes ses cartes, y déverser toutes ses forces et succomber en assistant, hébété, à l'envol de l'espoir – ou bien extraire, de ce cirque de lumière, un minerai obtenu à force d'une silencieuse tempérance, maîtrisée et tenace. Ce contrôle exige de contenir sa joie et de réprimer l'inquiétude, de ne pas prendre confiance et d'être indifférent à soi-même : en un mot, de devenir totalement transparent.

Le jeu demande surtout une faculté de concentration exacerbée, une attention poussée à son paroxysme. Analyse de la situation, appréciation des statistiques, calcul des mises, prévision des chances de gagner, adaptation à chaque tour… À toutes ces opérations s'ajoute l'essentiel : la nécessité de refréner, à chaque instant, les murmures des impulsions. Le bon joueur de roulette n'est pas un génie, loin de là : son esprit respire une sérénité mécanique. C'est un être des petits défis et des moindres bénéfices, de la patience et au caractère imperturbable. La première fois, j'ai joué à haute dose : une extase brûlante me traversait quand je pris conscience que ma méthode fonctionnait vraiment – et j'en avais oublié ma prudence. Je m'en étais bien tiré mais, quelques jours plus tard, je reçus en pleine figure le revers de la médaille : après avoir gagné une centaine d'euros, je m'étais avachi au bar pour boire quelques verres de whisky, avant de repartir de plus belle à la table de jeu. La succession des encoches rouges et noires sembla alors m'échapper : le hasard reprenait de l'emprise, la situation se troublait et je n'y voyais plus rien. À mesure que mon esprit vacillait, j'augmentais les mises : « Je vais me refaire, tiens ! » me réchauffais-je avant d'accroître les paris. Résultat : en dix minutes, j'avais perdu les cent euros gagnés six fois plus lentement. Alors, je me suis ravisé. J'ai compris qu'il fallait que je joue par petites touches. Quarante minutes chaque soir. Cinquante euros de gains par jour. C'est un smic assuré en un rien de temps.

« Jouez avec modération », « Si vous pensez être dépendant au jeu, n'hésitez pas à demander conseil à l'un de nos employés », « Soyez responsable »... Ces écriteaux tranchent avec l'atmosphère ambiante. Ils semblent avoir été écrits dans le but de culpabiliser le joueur une fois son argent disséminé : nous t'avions pourtant prévenu… Tu n'en as fait qu'à ta tête et te voilà appauvri de cent euros… Tu ne peux t'en prendre qu'à toi-même, toi qui n'es pas modéré, toi qui es dépendant, capricieux, irresponsable et impulsif… Tu as failli gagner, penses-tu ? Enfin, regarde-toi dans un miroir : même le hasard ne croit pas en toi… Même les moquettes du casino, que tu piétines à l'instant, sont plus soignées que tes vêtements… Cet argent que tu viens de perdre, tu aurais pu l'utiliser pour : t'acheter un nouveau manteau, offrir un jouet à ta fille, des roses à ta femme, ravitailler ta voiture en essence, épargner pour les vacances, te payer les courses pour la semaine… Et tu préfères trimballer tes haillons pour assister à un surplus de déchéance… Tu te rues vers le spectacle de ton martyre… Tu jouis de ta disgrâce… Tu accélères ta chute… Quand tu as écoulé ton billet de cinquante euros, tu en glisses un autre, impassible, immobile, sans connaître la moindre émotion : la honte elle-même a honte de toi. Du jour au lendemain, tes cernes s'accentuent, et tu te traînes vers ton humiliation, toujours plus esseulé, perdu dans un gouffre financier qui ensevelit tes ultimes espoirs. Nous savons que tu déverseras, à cette table de jeu, tes derniers centimes. Que tu viendras jusqu'à l'expiration. Tu nous es éternellement lié : quelque chose te pousse à te faire flageller dans des salons enchanteurs. Tu es prêt à tout, pourvu que tu gardes la possibilité d'espérer. Tu rêves de renaissance. Ta résurrection ne tient qu'à une bille en Téflon. Tu crèveras d'espoir. Il sera trop tard. Tout est de ta faute : tu étais dépendant au jeu, tu n'avais qu'à « demander conseil à l'un de nos employés ».

Une fois que j'ai gagné mes cinquante euros quotidiens, je pars prendre un verre et manger un croque-monsieur. Les boissons, au bar, sont étonnamment peu chères. Telle est la stratégie du casino : offrir à boire pour inciter à perdre. Il suffit de retourner cette stratégie contre le casino lui-même : s'efforcer de gagner pour s'offrir à boire. Au fil des jours et des semaines, j'ai sympathisé avec d'autres habitués : il y a des jeunes qui gagnent des quantités astrales au black jack, des plus âgés qui se délectent du poker. Au bar, on discute des gains obtenus par chacun. Personne ne demande aux autres quelle est leur technique : nous connaissons les tabous de la discussion. Chacun ses cartes, chacun sa manière d'avancer dans les rouages de l'aléatoire. Et puis les méthodes, au casino, ne sont pas interchangeables. Ce ne sont pas des stratégies scientifiques : elles épousent les aspérités de l'individu, répondent à sa singularité, lui permettent d'avancer, solitaire, dans l'obscurité des choses imprévisibles.

Tout à l'heure, je me suis affalé dans un fauteuil du bar. La partie se rejouait dans ma tête : je n'avais jamais gagné autant d'argent aussi vite. Le maximum d'effets avec le minimum de moyens. C'était la définition de la perfection. Deux jolies filles qui partageaient un canapé croisaient parfois mon regard.

Tout autour, les murs étaient lambrissés d'écrans géants qui diffusaient les informations. Une catastrophe naturelle à l'autre bout de l'Atlantique. Une guerre à cinq mille kilomètres d'ici. Des myriades de victimes : phosphore, grenades, tirs à balles réelles, cadavres entassés. Le tout sur fond des commentaires d'un chroniqueur : comment peut-on voir de telles images en 2018, se demandait-il en ajustant sa cravate ? Comme si le troisième millénaire avait lavé l'espèce humaine des affres de la mort ; comme s'il avait assassiné la force. La violence, pourtant, resurgit de partout. Elle regagne notre monde par ses embrasures.

Les morts des informations sont des morts lointaines : l'océan nous en sépare. Ce sont des morts exotiques, pour nous, qui ne connaissons, en matière de détonations, que celles des bouchons de champagne. D'étranges réveillons se profilent à l'horizon : l'Histoire continue, derrière le poste de télévision. Ces morts, je n'y comprenais rien : elles me venaient dématérialisées. Dévitalisées. Mortifiées. C'était des morts désincarnées.

À l'écran défilaient les gravats. Blocs de béton renversés sur un sol de poussière. Immeubles allongés par les bombes. Ruines trouées par la désolation. Reliques de meubles dispersées au gré du vent. Hurlements dissipés avec le sable. Rues entières réduites à l'état de barricades. Et, au milieu de ce paysage, une ombre qui ne ressemblait à rien de connu : un pied d'enfant flottait dans ces nuages de cendres.

Ciel et terre

Un pied sans rien autour. Découpé par la mitraille. La cheville s'arrêtait droite, alignée par les lames du temps. Étoile grise, dispersant ses phalanges brisées. Les ongles se perdaient dans les filaments de la Terre. Détachés de leur destin. L'enfant avait disparu, et avec lui l'avenir d'un récit privé d'histoire. Ce pied n'était pas un pied : c'était le visage de la mort. Un visage aux doigts tendus.

9

Profession ? Joueur de casino. Trois heures par jour pour deux smic. Ce que j'apporte à la société ? Du cynisme et de l'anti-grandeur : seul un homme aux infimes ambitions peut passer, comme moi, entre les mailles du filet. Je suis trop minable pour être retenu dans ses rets. J'aimerais profiter de ces lignes pour faire l'apologie de la mesquinerie et des médiocres, des entre-deux de vertu et des morales en clair-obscur. Il faut une sacrée dose d'orgueil pour croire en la pureté : comme si des diamants se cachaient en nous. Je ne connais personne, sur cette terre, qui soit à sa juste place. La vérité, c'est que la morale est une farce bien utile : nous sommes toujours les usurpateurs de notre biographie, et la sincérité n'est elle-même qu'une simulation réussie. Le syndrome de l'imposteur, voilà le fin mot de notre condition. Je n'en suis pas dupe. Autant avancer dans le monde à découvert, en clamant haut et fort mon appartenance à la communauté des impies du mérite.

Mon patron ? Le hasard, seule puissance que je ne me lasse pas d'estimer, parce qu'on ne peut l'attribuer à personne. Je l'associe à un mystère sans énigme, à une question sans point d'interrogation. C'est une sorte de providence athée, envers masqué du monde, vecteur de l'imprévu et indéchiffrable jusqu'à la moelle. L'erreur des hommes, c'est de n'avoir jamais érigé de statue au hasard, lui dont nous n'avons pourtant rien à dire.

La bille est là. Elle gicle rutilante, circule par grandes boucles, s'agite çà et là, comme dans une arène vitrifiée. À ma gauche, un couple. La femme est enceinte. Son compagnon est d'un sérieux maladif : ses canines scalpent la pulpe de son index depuis un quart d'heure. Ces jeunes géniteurs viennent en pèlerinage au casino. Ils s'en vont informer le hasard de la naissance de leur postérité, qui s'agite dans l'utérus maternel, sans se douter un seul instant de l'étrange supplication qu'adressent ses parents à cette formidable Pythie qu'est la roulette. Non qu'ils soient stressés. Une dévotion les habite. Si seulement le Dieu de la contingence pouvait les aider, leur fournir un petit quelque chose, seconder leur volonté de reproduire la vie, apporter un rayon de soleil au nourrisson qui verra le jour dans deux mois… Ayez pitié, Seigneur d'Enghien… Ô, Dieu invisible et aveugle, sachez récompenser l'amour qui anime notre mariage… Faites de nous vos élus… Oh, nous ne vous demandons pas des fortunes : de quoi meubler la chambre de notre petit… De quoi lui acheter du lait bio pendant un an… Daignez nous accorder une infime place parmi les bienheureux…

Le type se lance. Mille euros sur le rouge… À voir le sang perler sur son doigt, j'en déduis qu'il aligne un salaire – sans doute l'entièreté de ses économies. Il sait pertinemment que s'il perd, c'est son enfant qui en pâtira. Mais il agit en connaissance de cause : ce n'est pas une mise, mais un sacrifice. Il dépose l'avenir de son fils sur l'autel de la cécité, il l'abandonne à l'hypothèse d'un salut. Libre à Moloch d'engloutir le fœtus ou de lui faire le don d'une somme dédoublée. La bille, justement, s'alourdit. Le dénouement est proche. La femme ferme les yeux, inspire longuement, joint ses paumes et psalmodie. Je vous supplie, suprême régisseur du probable, je vous implore, vous qui n'avez pas d'oreilles pour m'entendre, de m'irradier de cette grâce qui vous manque. Son mari la caresse et l'étreint. Dans sa frénésie, il répand par mégarde du sang sur le chemisier de la génitrice. Maculée, elle continue de s'humilier devant le hasard. Le temps s'arrête. Elle communique avec les cieux.

Rouge. Leur écran scintille. Ils pleurent, s'embrassent, lèvent les yeux vers le ciel. On sent qu'ils ont envie de remercier quelqu'un. À la table de roulette, pourtant, tous les joueurs ont perdu – sauf moi, qui ai gagné cinq euros. Alors, ils me sourient et je les vois disparaître dans la nuit.

10

Plus je gagne, plus je peux miser de grosses sommes, plus mes gains s'amplifient – et ainsi à l'infini. En quelques semaines, mon salaire grimpe vers les quatre mille euros mensuels. Je ne vais pas monter plus haut : que faire de tout cet argent que je ne sais pas dépenser ? Il s'accumule sur des papiers que je range dans des tiroirs, si bien que j'ai presque l'impression qu'il n'est pas totalement à moi : je ne suis pas propriétaire de mes économies, mais des relevés de compte où elles s'affichent. Finalement, mon existence ne s'en voit pas troublée. Toujours mes stocks de fusilli et d'emmental râpé. Seulement, en plus de l'huile de noisette, je me permets d'acheter du parmesan – parfois des pavés de thon, quand je suis aviné. Ma richesse ? Des chiffres imprimés en police 12 sur les lettres que m'envoie la banque. Que puis-je y faire ?

J'exagère quand je dis que je ne me suis rien accordé. Il se fait que j'ai passé un week-end à Londres. J'en eus l'envie en regardant un épisode d'*Hercule Poirot* à la télévision. Il n'y a pas à dire,

David Suchet est, de loin, le meilleur acteur de séries policières, malgré la concurrence. Le problème des productions rivales (*Alice Nevers, Section de recherches, Inspecteur Colombo, Les Experts, Unité spéciale, Cordier...*), c'est que l'apparition de la technologie de pointe a remplacé le plaisir de l'enquête. Les criminels se démasquent automatiquement, au forceps d'analyses désoxyribonucléiques, d'historiques téléphoniques ou de la géolocalisation. À quoi bon réfléchir devant un épisode si, vers la quarantième minute, un médecin légiste vient nous dénicher une empreinte digitale qui chamboule l'affaire ? Les scénaristes en sont conscients : alors, ils inventent des romances pseudo-sentimentales entre un lieutenant et une suspecte mutique. Cette guimauve n'est pas près de remplacer le talent de David Suchet, ni la finesse de son jeu.

Londres se tenait donc à portée d'horizon. J'avais choisi de m'y rendre en ferry. Derrière les vagues qui dansaient sous le pont, on devinait déjà le bitume du quai, les cadres de marchandises posés face à la mer, l'avènement spectral d'un bout de falaise britannique. Au loin, la pointe d'une lumière, la venue de la rade pluvieuse. Le crachin s'ajoutait à la bourrasque et, macérant dans mon sommeil, j'anticipais la venue de Londres, sans savoir, au juste, à quoi m'attendre : tout ce que je connaissais de l'Angleterre provenait de mes souvenirs lycéens, de ces professeurs d'anglais qui passaient plus de temps à enseigner la « culture du pays » que sa langue. Et encore, quelle culture ! Quatre années de collège, presque autant de lycée, composées chacune de trois heures hebdomadaires de langue vivante 1 (soit quatre-vingt-dix heures par an, multipliées par sept, tout de même), m'avaient appris que les Londoniens étaient des sortes de Sherlock Holmes, un peu abrutis par le thé qu'ils buvaient avec mille manières, pas virils pour un sou, fumant la pipe dès le petit déjeuner, raffolant de carreaux écossais laineux ainsi que de révérences, et profitant de chaque promenade pour aller acheter du fish and chips qu'ils mangeaient dans du papier journal en s'essuyant les doigts sur les banquettes du Tube. Un fatras de futurs vieux garçons et de vieilles filles en puissance. Et puis cette Tower of London qui figurait chaque année sur la couverture du manuel, bien sévère, bien molle, malgré toute la raideur dans laquelle elle se drapait.

Le réfectoire du ferry arborait de longues rangées de sièges. Je m'y affaissai, somnolai jusqu'à Douvres, me rendormis dans l'autocar et n'ouvris vraiment les yeux qu'au moment de pénétrer dans une rame de métro. Le Tube se révéla festif et finalement musical : je m'assis entre une étudiante en minijupe et un Pakistanais qui lisait le journal. À mesure que nous approchions de Piccadilly, les étudiants affluaient, joyeux lurons à l'odeur de bière. Leurs voix aiguës et maniérées me plaisaient. On se croyait dans la Lutèce des bandes dessinées d'*Astérix*, provinciale et nébuleuse à la fois, pleine de bardes endormis et d'une gaieté lisse.

Piccadilly avait l'allure d'un grand échangeur où venait se propulser la foule avant de se redistribuer à travers les quartiers de la capitale. La blancheur des immeubles, l'alignement rectiligne de toutes ces façades en pierre de Portland épousaient tour à tour le céladon des vitrines, le bleu plus ombrageux de la nuit, l'argent des guirlandes lumineuses réparties entre les trottoirs, les reflets des images de lingerie défilant sur les écrans géants de la place. Les rues ne s'imposaient pas mais s'adaptaient aux couleurs de leur environnement, composaient un petit monde accueillant, ouvert à l'arrivant, disposé à l'écoute. Parfois, elles s'enroulaient en coquillage. Elles donnaient, à tout le moins, l'impression d'une élégance intérieure et discrète. Londres n'était pas tapageuse du tout. Elle refusait de se parer de ses plus beaux atours pour éblouir le passant. Elle n'avait pas besoin d'intimider pour plaire, de susciter le désir en castrant la grâce. Foulant ses pavés enrhumés et placides, on s'y sentait d'ores et déjà chez soi, dans une ville connue depuis longtemps, et on pénétrait aussitôt de l'autre côté de la scène, dans l'intimité de son spectacle – en Londonien parmi les Londoniens.

Je déjeunai dans un bistrot où l'on servait un café inconsistant et spongieux, des œufs cotonneux et prétendument brouillés, présentés dans une bouillie composée de haricots cagnards et de courgettes pâteuses, fatiguées et visqueuses. Vingt euros évaporés afin de se couper définitivement l'appétit pour le restant de la journée. Puis je me perdis du côté de

Mayfair, quartier des escapades d'Hercule Poirot à la télévision. Je défilai devant les ambassades, les consulats et les hôtels austères avant de détaler parmi les galeries marchandes, à observer des céramiques. Je dois dire qu'assez vite la ville tendit à devenir lassante et j'en eus marre de parcourir ses rues sans autre but que de m'exalter devant des magasins de parapluies et de tasses en porcelaine.

Je m'épris donc des musées de Londres. La National Gallery était assez solitaire, désertée des touristes avides de grandes sensations et de chefs-d'œuvre célébrissimes ; sans doute préféraient-ils, par peur de voir des choses intéressantes, aller se photographier en selfie devant la pierre de Rosette. Il y avait bien quelques groupes qui défilaient devant les tableaux en écoutant religieusement le bavardage d'un guide qui récitait des fiches Wikipédia. J'eus l'impression, à les regarder, que ce musée était un lieu de tentations perfides. Marchant dans les galeries, les visiteurs semblaient répondre à leur instinct de goinfrerie. Ils naviguaient, boulimiques, d'une peinture à une autre, bâfraient avec une avidité insensible – comme pour mieux vomir leur sensation d'être désormais cultivés. Ils accostaient les œuvres par courants d'air, bombardaient un Turner de leur flash sans même prendre la peine de lever les yeux de leur écran de misère et partaient dans une autre direction, concentrés sur leur oreillette. Leur comportement était bien plus significatif que les tableaux dont ils se boursouflaient à la hâte.

La veille de mon retour, je tins à faire un détour dans ma promenade, pour passer au British Museum. Je me moquais pas mal de la pierre de Rosette, de la bibliothèque historique et des autres pièces célébrissimes. Mais il y avait un objet que je voulais absolument observer depuis que j'avais vu, il y a longtemps, un reportage d'archéologie à la télévision. Et cet objet, c'était le mausolée d'Halicarnasse, la cinquième merveille du monde, la tombe majestueuse de Mausole, satrape plus ou moins oublié par l'histoire qui, pour compenser son absence d'héroïsme ou de génie, pour contrebalancer une vie morne et pauvre en hauts faits, s'était fait édifier une sépulture aux dimensions surhumaines et sacrées. Mausole faisait partie de ces hommes qui, gouverneurs de province, dentistes ou ambassadeurs, n'avaient pas connu la félicité d'être distingués par la vie – cette dernière ne leur avait apporté que les fades dorures de la respectabilité bourgeoise – et qui, par la force d'une revanche sereine, avaient décidé de s'illustrer par leur mort ou, plus exactement, par l'ultime trace que serait leur tombeau. Sa statue funéraire magnifierait le dépôt de médiocrité que fut son corps. Après avoir vécu en roitelet, parmi l'ennui des banquets, les effluves des sentiments, les hanches remuées des courtisanes, il ne se contenterait pas de mourir mais deviendrait, par cet acte on ne peut plus indifférent qu'est l'agonie, une légende éternelle. De la sorte, il rejoindrait la cordée des surhommes et serait relié, par un pont invisible, à César, Napoléon ou Alexandre le Grand – bref, à toutes ces idoles qu'aiment les mégalomanes. Mais, de même que certains nouveaux riches, ayant bâti leur fortune sur des commerces dont ils ont à rougir, parviennent de temps à autre à gagner la sympathie d'aristocrates établis depuis des siècles, Mausole ne devrait sa postérité, le prestige de ses fréquentations posthumes, son appartenance au club des hommes qui ont sublimé l'homme qu'à un malentendu de taille – mais à un malentendu diablement réussi.

Dans les couloirs du British Museum, entourée de colonnades effritées, la statue de Mausole, isolée dans le marbre, rayonnait d'une invincible fougue ; elle était la nouvelle peau dans laquelle on avait interverti, transvasé, échangé son âme. Avant l'invention de la photographie, avant la bacchanale surchargée des portraits, il avait atteint, au sein de cette chair délivrée, une forme d'éternité mêlée à la plénitude de son regard souverain. On aurait pu dire bien des choses sur la non moins imposante statue d'Artémisias, son épouse, debout à sa droite. Mais les desseins du hasard avaient décrété que le temps érode son visage et le prive ainsi de l'indélébile vestige de la gloire. C'est peut-être ce que Mausole aurait aimé, ce dont il aurait été aujourd'hui satisfait : que l'on ne se souvienne d'Artémisias que comme sa femme. Coquin de Mausole.

11

Le petit chien de Céline est mort. Alexandre n'a pas survécu à son troisième cancer, vilaine récidive pleine de métastases, qui l'a achevé en deux mois. Un nævus inoffensif, caché entre deux mottes de poils, se mit à enfler, de plus en plus rond, jusqu'à se transformer en goitre, si bien qu'on se demandait si l'on avait affaire à un caniche ou à un pélican. Il paraît que la pauvre bête, qui trémulait de fièvre, passa ses derniers jours affalée sous un radiateur où, bourrue et décolorée, elle se laissa partir en silence. Seules quelques convulsions indiquaient encore sa présence, ainsi que de fréquents saignements au niveau des gencives. Un soir, Alexandre tenta de se redresser, gesticula des pattes avant et s'effondra au sol, d'une expiration qui dura dix secondes. D'un geste brut et soudain, ses poumons se dégonflèrent à la vitesse d'un pneu crevé. Il était mort. Son premier geste de défunt consista à déféquer pour la dernière fois.

Céline vint m'annoncer la triste nouvelle ce matin. Elle pleurait à chaudes larmes. Si seulement je lui avais donné des croquettes bio, répétait-elle toutes les cinq minutes… Elle allait en racheter un autre, mais personne, me garantissait-elle, ne remplacerait Alexandre. Il serait enterré dans un cimetière pour chiens très chics, situé en grande banlieue, où se côtoyaient les animaux vénérables des maîtres les plus prestigieux. J'étais invité à la crémation.

Céline avait raison : rien ne se substitue à la tendresse d'un chien. Avait-elle des souvenirs spécifiques avec lui ? Non, pas vraiment – mais c'était une sorte de lune de miel permanente : elle me raconta comment Alexandre l'accueillait quand elle rentrait chez elle, les câlins qu'il lui prodiguait sans cesse, dans une générosité infinie de bonheur. L'amour d'un chien est une tautologie. C'est une passion automatique, déclenchée sur commande, authentiquement simulée. Venant d'une machine d'amour, cette ferveur n'a d'autre choix que d'être toujours réciproque. Le cabot nous rend les caresses qu'il reçoit. C'est un amour en boomerang, à égalité stricte, sans intermittences et privé d'aspérités. Le chien nous aime parce que nous l'aimons, et nous l'aimons parce qu'il nous aime. C'est un amour du « parce que », qui ne demande qu'à jaillir et à s'autocongratuler. Au final, tout cet amas d'affection ne repose que sur lui-même. Aragon avait raison : entre les hommes, il n'y a pas d'amour heureux. Il oubliait seulement la compagnie des animaux de compagnie.

Elle me raconta qu'elle avait acheté Alexandre huit ans auparavant, dans une animalerie qui bordait la Seine. En l'apercevant, elle l'avait immédiatement trouvé « mignon ». Je la questionnai à propos de ce terme, car l'esthétique du mignon m'a toujours intrigué. Mignon est un compliment, certes, mais que l'on détesterait recevoir : un éloge qui ne marche qu'en un sens, quand il est adressé aux autres. « Tu es mignon » est une louange formulée par dépit, moins pour insister sur la prétendue qualité qu'elle contient que pour suggérer toutes celles qui nous manquent : mignon implique l'absence de beauté et la désertion du charme. Être mignon, c'est se voir soudain mis à distance, emmuré dans une catégorie hybride. Le mignon se tient à cheval entre le beau et le monstrueux. Pensons à un chaton. Ni panthère ni cafard, il suscite la passion que nous avons inventée à défaut de l'amour : la pitié, cette condescendance déguisée en empathie. Le chaton écarquille ses yeux de jade en lapant son lait. Vulnérable, il ronronne – et nous nous imaginons que nous lui sommes nécessaires. Le chaton se frotte à nous et paraît pathétiquement chétif, comme suspendu à notre aide. Nous avons pitié de lui, alors il sera mignon : il aura réussi à donner un style à sa fragilité, à l'image des larmes que les bébés versent après s'être pété les genoux en tombant d'un toboggan.

J'eus droit, en guise d'explication, à une description minutieuse :

« J'étais à peine entrée dans la boutique, sans savoir au juste de quel animal j'avais envie. Nous étions servies, ma mère et moi, en matière de boules de poils, face à cette armada de chatons, tous plus craquants les uns que les autres, de hamsters qui sautillaient de partout et de chiots à faire fondre. Mais Alexandre, ce fut différent. Recroquevillé dans sa cage, il avait attendu ma venue depuis toujours. Oui, pendant des mois, il avait souffert dans cette prison bruyante, où rien ne lui était épargné : ni les crissements des souris, ni les moqueries des clients, ni la nourriture en chaîne. De le voir silencieux et mutique, petit bichon souffreteux, adorable enfant abandonné, je ressentis comme un appel.

— Je crois que j'ai compris. Alexandre souffrait, alors il était mignon. Ce n'est pas un chien que tu as choisi, mais une victime à sauver. Mignon ne renvoie pas à Alexandre, mais à ta bonne conscience. Être mignon veut dire : devoir son bonheur à Céline. »

J'avais gaffé. Céline me livra sa première insulte : elle me traita de chien. Je m'en voulus aussitôt mais n'eus pas les mots pour lui présenter mes excuses. Mon remords était trop sincère pour traverser ma glotte : de quel droit avais-je pu faire violence à Céline, elle qui avait toujours fait preuve d'une bienveillance sans failles à mon égard, elle qui ne m'avait jamais offensé par une remarque blessante – elle qui avait poussé la vertu jusqu'à supporter mes faiblesses, mon impuissance et ma monotonie ?

Toujours est-il qu'elle annula son invitation à la crémation d'Alexandre, m'enjoignit de la laisser tranquille pendant un certain temps et partit. Au moment de s'en aller, je perçus qu'elle hésita à claquer la porte. Elle se ravisa au dernier moment et la ferma délicatement. Céline a eu raison : les portes claquées intervertissent toujours les outrages et les torts.

À peine Céline partie, je me sentis assailli par un étrange vertige. À la fenêtre, le cimetière me regardait différemment, de travers, esquissant un sourire qui n'augurait rien de bon… Les tombes se démenaient contre le sol, refusant de rester à leur place. Elles s'arrachaient pour de bon, une à une, comme des molaires de granit. Purulentes de ressentiment, elles mastiquaient une incontrôlable vengeance. Et le cimetière, grande mâchoire impuissante, voilà qu'il s'édentait sous mes yeux. J'aurais voulu arrêter cette vision, mais je n'y pouvais rien. Le phénomène se déroulait devant moi, sans me laisser le choix : même sur les murets, le ciment foutait le camp et la meulière semblait, elle aussi, se disloquer soudain. Seul le lierre s'acharnait à résister contre cette folle débâcle. Paniqué comme un phasme, il se cramponnait à ses dernières attaches, mais sa force fut vaine : bientôt, toutes les pierres du cimetière avaient rejoint la danse.

Plus rien n'était à sa place, dans ce quadrillage de tombes. Le vent déplaçait la poussière de station en station, invitant tout le monde à se confondre : le front des mausolées et le marbre des stèles, les racines des arbres et les fleurs pourries, la grille entrouverte et le chemin balbutiant – tous ensemble, ils se mirent à tournoyer vers le ciel. De part et d'autre, une pagaille sans nom. Impossible de fuir. Devant moi, le chaos continue d'avancer, de plus en plus menaçant. Coincé dans mon bocal d'appartement, je commence à regretter sérieusement d'être là. Trop tard pour reculer. Le cimetière s'est désormais totalement dressé, lévitant à ma hauteur. Je ne suis pas fou. C'est bien moi qu'il défie.

Debout, il m'encercle déjà, prêt à ourdir un complot contre ma solitude. Trahi par le studio, je ne m'y sens plus à l'abri : une lutte à mort va bel et bien commencer. Ce sera, je le sens, une guerre lente, dont je ne sortirai pas intact. Le cimetière m'attend sur le ring. Il roule des mécaniques, prêt à me livrer son dernier mot. Je n'ai pas le temps d'hésiter. Il faut assumer, maintenant. Ne reste plus qu'à sauter une bonne fois vers l'inconnu. Une seule direction, celle de Nécropolis.

II

Le syndrome de Nécropolis

1

Et si, quand mon temps sera venu, les médecins faisaient une erreur médicale ? Et s'ils me déclaraient mort par négligence ? Qu'adviendrait-il de moi, si j'étais enterré vivant ?

Mon père venait de refermer la porte de ma chambre. Comme tous les soirs, il y était entré sur la pointe des pieds, pour expédier le rituel de la « bonne nuit ». Ses lèvres survolaient mon front, l'effleuraient et s'y déposaient sans jamais le toucher vraiment. Une pudeur l'empêchait de m'embrasser pour de bon. Sa bouche allait et venait dans une même résistance, comme les doigts de la chapelle Sixtine. L'interstice d'un baiser s'immisçait entre nous, gouffre invisible à l'œil nu, aussi ténu qu'une particule d'âme. Le flambeau n'était transmis qu'à moitié : mon père véhiculait sa gêne, j'héritais d'une distance.

La bataille allait commencer. L'embrasure de ma porte s'amenuisait de seconde en seconde et avec elle un faisceau de lumière. L'obscurité regagnait du terrain. Dans un instant, elle serait totale. Sans refuge éclairé. Sans alternative de secours. Les menaces allaient se dessiner. Elles viendraient de partout. Sous mon sommier, reclus sous le parquet, des brigands feraient grincer des lattes, pour me prévenir qu'ils finiraient, un jour ou l'autre, par sortir de leur cachette et m'enlever avec eux. Depuis le balcon, c'était les cambrioleurs, disposés à fracturer la vitre pour m'arracher un doigt. Le plafond, aussi, était riche de monstres : sangliers purulents, momies de haines, sycophantes de mes crimes, consciences d'argile, informes sauterelles, scarabées délirants, araignées asphyxiantes, bibliothécaires ahuris, psychopathes parfumés – tout ce monde était là, invisible, tapi derrière l'occultation.

Ces créatures du diable n'allaient pas me tuer. Elles feraient pire : elles mettraient fin au temps. Happé par leurs griffes, je me retrouverais verrouillé dans un labyrinthe sans salut ni danger, dont je ne pourrais m'échapper par aucun moyen, pas même en expirant. Une nuit s'ouvrirait vers l'infini. Alentour, derrière ces murs intangibles, la vie suivrait son cours. Mes parents continueraient de se disputer dans leur chambre, adossée à la mienne :

« Qu'est-ce que tu as ?

— Rien, laisse-moi tranquille, pour une fois.

— Ta réponse prouve bien que tu m'en veux de quelque chose. Je t'ai fait du mal ?

— Ce n'est pas grave.

— Qu'est-ce que ça veut dire, que ce n'est pas grave, sinon que j'ai commis une erreur ?

— Laisse tomber. Ce n'est pas important. Et je n'ai pas envie de parler.

— Arrête avec tes silences envahissants. Tu fais la même chose tous les soirs. Nous savons bien, tous deux, que tu finiras par me déverser ta liste de griefs ; alors évite de me faire perdre du temps.

— Tu me parles comme si j'étais un robot dont tu pourrais prévoir les moindres mouvements.

— J'ai en effet une longueur d'avance sur ce que tu penses. Et la faute t'en revient entièrement. Tu passes ton temps à me raconter ta vie : tes journées, tes histoires insignifiantes, tes disputes pathétiques avec des collègues minables. À force, je te connais comme un vieux logiciel.

— Tu me fais peur. »

Sous mon oreiller, j'empoignais mon couteau – une lame de cuisine que j'étais allé acheter au supermarché du coin, faisant croire à la caissière que ma mère m'envoyait aux commissions, pour qu'elle m'autorise à rentrer chez moi muni de ce poignard gastronomique. Je préparais la scène. Dès que mes bourreaux s'approcheraient de moi, je dégainerais. Il faudrait que je frappe à l'œil. Au moins, ils me laisseraient tranquille. Le temps qu'ils retrouvent leurs esprits, j'aurais déjà hurlé, et la police serait arrivée depuis longtemps. Dans le vide, je répétais le geste, épuisé de fatigue et retenu par l'insomnie. Je me battais contre des chérubins invisibles que j'entaillais de partout. Peu à peu, je devenais invincible.

Les méchants n'arrivaient pas. Une impatience me gagnait. Pourquoi me désertaient-ils ainsi ? Qu'avais-je fait pour être ainsi excommunié de la souffrance ? Je le réclamais, moi aussi, ce royaume d'odeurs étranges et de hurlements sourds, où aucun danger n'advenait qui ne fût insurmontable. Ma mère m'écouterait peut-être lui raconter comment des figures hideuses avaient jailli de nulle part, et par quel sombre hasard elles avaient réussi à me sectionner une oreille. Je pourrais ménager mon récit, l'interrompre un instant afin de la maintenir en haleine, avant de reprendre pour lui narrer avec quel courage, muni de mon couteau, je les avais terrassés. Sans doute pleurerait-elle. En tout cas, elle m'emmènerait à l'hôpital Necker, celui des enfants, pour qu'un chirurgien dispose des points de suture au niveau du cratère qui aurait remplacé mon oreille. 149, rue de Sèvres. Je connaissais déjà l'adresse du lieu où un chef de service, impressionné par ma mutilation, verserait des larmes d'angoisse en s'acharnant à me charcuter le côté droit de la tête.

Ma mère, pourtant, commençait à s'épancher et, pendant d'interminables minutes, j'entendais le couple parental multiplier les hurlements de rage. Toutes les grossièretés que je n'avais pas le droit de prononcer – eux les vociféraient, dans un élan irrépressible. Souvent, ils créaient des insultes qu'il m'arrivait même de trouver poétiques. Comme s'ils se faisaient la cour à l'envers. Ma mère lançait sa première invective : « Tu es le pire des hommes ! »

Rien de très original. Mais, peu à peu, leur inspiration grandissait, jusqu'à atteindre des sommets de lyrisme. Et moi, de l'autre côté du mur, je tendais l'oreille pour saisir, au vol, quelques-unes de leurs trouvailles les plus saillantes : microbourgeois, saloperie sur pattes, alcoolique putride, dictatrice édentée, castré castrateur, ignoble pamphlet de l'humain… Toutes ces anti-déclarations d'amour, à mesure qu'ils les psalmodiaient, formaient une sorte de cadavre exquis : ils déclamaient à l'unisson la haine qui les réunissait. À mesure que j'écoutais la liturgie de leurs dialogues lunaires, l'impression me gagnait que cette musique furieuse continuerait ainsi à l'infini. Mais elle finissait toujours, au moment où je m'y attendais le moins, par s'affaiblir, remplacée par d'inaudibles murmures.

Je baissais mon pyjama. J'étais jeune : j'arrivais à m'attraper les testicules dans le creux de la main. Il fallait encore faire un sacré travail d'imagination… Ce n'était pas moi qui me caressais les burnes, mais Valérie, qui m'avait invité en sortant d'un cours d'histoire. Sa mère était absente de l'appartement – mais au fait, pourquoi était-elle absente ? Je devais absolument trouver une raison à ce phénomène, faute de quoi mon scénario ne tiendrait pas, et je ne pourrais pas jouir dans la sérénité. Peut-être sa mère était-elle au travail, mais quel travail pouvait-elle faire qui la retînt au bureau le soir ? Avocate d'affaires ? Trop prestigieux : cela ne collait pas avec le mode de vie de Valérie. Infirmière ? Trop précaire : Valérie rayonnait de la confiance des êtres bien nés. Je finissais par supposer qu'elle était journaliste, et retenue à une conférence de presse. Je reprenais. Valérie m'enfermait dans sa chambre. Elle me parlait de son petit ami qui venait de la larguer. Oh, quel dommage... La voilà enfin célibataire et souriante... Je voulais l'embrasser – ses bras me repoussaient : elle tenait absolument à me montrer sa culotte. Je lui demandais d'enlever ce triangle de coton. « Non, ce n'est pas la règle du jeu : tu dois me lécher la culotte... Oui, tu brouteras mon tissu... Pendant des heures s'il le faut... Jusqu'à me faire éclater... Alors, pour te remercier, je te laisserai te masturber devant moi... Tu jouiras dans la frustration... Aliéné à ma culotte Petit Bateau... »

De leur côté, mes parents trouvaient un consensus :

« Te souviens-tu de nos premières soirées ? De cette époque où nous ne moisissions pas encore dans la routine ? Quand je te raccompagnais jusqu'à ton studio ? Tu te débrouillais toujours pour m'interdire d'entrer : nous restions donc assis sur le banc d'un square, et je te promettais la lune.

— T'ai-je déjà dit qu'une fois rentrée chez moi, j'écrivais ton nom sur mes jambes ? Oui, sur mes jambes, par petites lettres d'or. »

Mon père faisait semblant d'avoir oublié ce détail et s'extasiait en le réapprenant. Valérie s'était envolée dans le noir, et j'avais mouillé ma couette. Je les écoutais se réconcilier. J'avais de la nostalgie pour eux. Je les imaginais, parcourant des parcs nocturnes, à rêver d'un avenir figé. Je me figurais aussi que je traversais le temps, et que je m'asseyais, entre eux deux, sur leur banc du soir. Ils me reconnaissaient sans m'avoir déjà vu. Et je les prévenais : oui, chers parents, vous allez verser bien des larmes, une fois que votre couple se sera accompli… Vos voix s'éreinteront, au rythme de mes insomnies.

Les démons reprenaient, une fois mes parents endormis. Là, c'était du sérieux. Plus personne pour me sauver. Aucune dispute pour me distraire. Je voyais la mort bien en face. Les yeux dans les yeux. La mort n'était rien pour moi : alors elle me tétanisait. Elle n'était pas l'affaire du futur. L'aujourd'hui la dictait.

Le trépas me dédaignait. Sa venue était toujours différée. C'était un rideau dansant, refusant de s'ouvrir : non, pas ce soir… Peut-être demain… Tu as tout le temps d'expirer… Si tu continues, d'ailleurs, à t'obstiner, je repousserai ton échéance à plus tard – peut-être à jamais. À force de faire l'enfant, tu retourneras l'échiquier contre toi… Dommage, tu étais pourtant bien placé sur la liste d'attente… Comme d'habitude, te voici pressé, et l'impatience ne paie jamais : je ne t'offrirai pas la donation que tu convoites tant… Désormais, tu seras sempiternellement mourant – et inexorablement vivant. Ni d'un côté ni de l'autre. Sur le sommet de l'absence et du monde : dans l'existence…

Je commençais à le comprendre : je ne mourrais jamais. Mon enterrement serait un nouveau vestibule. On m'enverrait le cœur battant au caveau. Sous le chêne reluisant de mon cercueil, j'ouvrirais les yeux, enfermé dans ma bière, macérant dans mon asphyxie. Je frapperais à coup sûr, mes boyaux hurleraient, malchanceux jusqu'au bout. À cet instant, des promeneurs longeraient les allées du cimetière. Ils passeraient même devant ma tombe, sans se douter du macabre cauchemar qui se jouerait sous leurs pieds. Je crèverais enfin, dans une nausée fracassante. Oui, je crèverais post mortem.

Le plus paradoxal reposait peut-être dans ceci que, bien que cette éventualité m'horrifiât à un degré qui outrepassait les limites des passions acceptables, je reconnaissais que cette mort sans témoins était, à n'en pas douter, la mort la plus digne qui fût. Dans cet adieu sans public, il y avait quelque chose qui me ressemblait merveilleusement.

2

Tout à l'heure, Céline m'a appelé. À entendre le timbre de sa voix, je sentis qu'elle avait quelque chose à me dire. Elle prenait des précautions, demandait de mes nouvelles, tournait autour du pot… Je voulais la pousser dans ses retranchements, histoire d'aller à l'essentiel : je lui proposai de passer me voir dans la soirée. Elle bégaya un peu, chercha péniblement ses mots :

« Je ne préférerais pas, finit-elle par murmurer froidement.

— C'est à cause de l'épisode du chien ? »

Cette expression sembla l'agacer au plus haut point. Je suis sûr qu'elle esquissa un rictus. J'entendis seulement un son hybride, mélange d'un rire amer et d'un soupir désespéré. Puis elle se lança dans des explications : « Rien à voir avec l'épisode du chien, comme tu dis. C'est juste que j'ai rencontré quelqu'un. Sur Tinder également. Mais voilà, je tenais à te prévenir que je me suis engagée dans une relation sérieuse, et que je ne vais plus pouvoir te voir. » L'annonce était soignée : ferme, mais pas blessante pour autant – parfaitement administrative. Je lui demandai, sans trop réfléchir, comment il s'appelait. Long silence, d'une dizaine de secondes, que je n'avais pas prévu. J'insistai : « Est-ce qu'il y a un problème particulier avec le prénom de cet heureux élu ? » Même silence, entrecoupé de respirations bruyantes, puis cet étrange aveu : « Je suis désolée, Léonard, mais ce n'est pas un homme. Ne crois pas que tu y es pour quelque chose. » Pourquoi précisait-elle qu'elle était désolée ? Qu'est-ce que le sexe de mon rival changeait à la situation ? Ses excuses trahissaient une gêne qui m'était désagréable. Elle tardait, au demeurant, à mettre fin à la conversation et continuait à me dire des politesses, comme si de rien n'était. Alors, j'ai attendu qu'elle soit au milieu d'une phrase et j'ai brutalement raccroché, comme si je n'avais plus de batterie. Puis j'ai éteint mon téléphone, je l'ai rangé dans un tiroir et j'ai regardé la télévision. Après le journal de 20 heures, des chroniqueurs devisaient dans un débat politique. Ils signalaient que notre président était devenu le plus impopulaire de toute la Ve République. J'ai l'impression que j'entends ça depuis que je suis né : à chaque fois qu'une nouvelle tête se pointe à l'Élysée, elle bat le record déjà catastrophique de son prédécesseur. Je commence à en avoir sérieusement assez, des émissions politiques. J'ai zappé une demi-heure, et je suis retourné dans mon lit.

Je ferme les yeux, le sommeil s'éclipse. L'insolent me résiste. Comme toujours, il est aux antipodes. J'ai passé la journée, néanmoins, à roupiller en douce, à faire la sieste debout. De café en café, mes pieds m'ont baladé, l'haleine pâteuse, moi qui ne pensais qu'à retourner au lit. M'y revoilà, en position fœtale. J'aperçois des songes qui me font signe à l'horizon. Il suffirait d'un je-ne-sais-quoi de sérénité pour que je chavire en eux : que l'accalmie me gagne, que je m'apaise en elle, bercé par un drôle de soulagement. Je me concentre, pourtant... J'essaie de me laisser aller à la rémission. Le repos est à portée de main. Mais un moulin nous sépare : j'avance dans sa direction, prêt à me remettre à lui... Au dernier moment, il tourne avec moi et le voici, une fois de plus, de l'autre côté de la roue. Rien à dire, un diamètre nous oppose. Nous nous relayons sur l'hélice du temps sans jamais nous toucher, accordés l'un à l'autre dans une harmonie parfaite. Un rythme impossible nous fait danser par grandes croches timides. Une deux, une deux. La narcose tortille, je pivote autour d'elle. Elle a des allures de flamant rose : ses jambes virevoltent en toupie. Voulant l'étreindre, je lui saute dessus – elle s'escamote, et reparaît ailleurs.

Ailleurs, toujours ailleurs. Le sommeil est ce pays où je ne veux pas entrer, et dont je n'aime pas sortir. C'est une insatisfaction invincible : jamais là quand il faut. J'y voyage en Schtroumpf grognon, mécontent au départ, nostalgique à l'arrivée. Je le repousse quand il me guette. Il me hante pour peu que je le quitte. Insomniaque à minuit et paresseux à l'aube. Il y a une frontière, je crois, qui foire en moi : la lisière de la veille et des songes. Arriverai-je, un seul jour, à la traverser dans le bon sens ?

Mon réveil, ces temps-ci, ne fonctionne plus : il sonne sans me réveiller. Non qu'il soit en panne. Il n'a jamais aussi bien marché. C'est juste que je suis immunisé contre ses alarmes. Je dirais même qu'il fonctionne à l'envers. Ses jérémiades m'épuisent. Une seule envie, quand il se met à roucouler : me rendormir le plus longtemps possible…

J'ai supposé, au début, que c'était peut-être ma sonnerie qui ne hurlait pas assez. Ne pleurnichait-elle pas trop doucement, avec son tintement de cloches pudiques ? Alors, j'en ai essayé d'autres. En vain. Toutes les alarmes sonnent à côté. Il n'y en a aucune qui ne soit pas musicalement contre-productive. Radar, trop saccadée et timide. Apogée a un air Bob l'Éponge qui la rend ridicule : on ne commence pas sa journée par une musique de dessin animé. Balise radio est l'allégorie même de ce qu'une sonnerie de réveil peut avoir d'insignifiant : une série de misérables microsons où se reflète la monotonie d'une matinée sans relief. Bord de mer, mélodie ringarde, pourrait figurer sur une de ces publicités qui, vantant les mérites d'un site de rencontre pour dépressifs, exhibe deux ou trois pseudo-déesses en maillot de bain sur une plage factice. Carillon est la version pour smartphones du « Il est l'or de se réveiller » : un réveil de nouveaux riches ou d'ambitieux. Circuit crée, dans la répétition hystérique de son thème musical, un univers peuplé d'hommes en lunettes de soleil et en costumes à rayures tapageuses, jouant aux petits-maîtres dans une discothèque à dix euros l'entrée. Constellation ne fait penser à une voûte stellaire que par son nom : elle aurait dû s'intituler « Musique pour salle d'attente de cabinet dentaire ». Hibou doit être l'œuvre d'un compositeur cocaïné qui s'imagine que les hiboux ont coutume de se déhancher sur une musique au rythme diaboliquement effréné. Nouveau jour sert d'authentique prélude à la quotidienneté morne, aux jours qui se succèdent sans que leur contenu change d'une virgule. Ouverture répète les échos d'un hypocrite xylophone et me donne envie de détruire immédiatement mon téléphone, de le propulser au plafond, de le fracasser contre un miroir ou de le jeter par la fenêtre. Pépites ferait une excellente musique d'ambiance dans l'aéroport d'une dictature sanguinaire. Presto a le mérite d'être honnête, de déployer en toute sincérité un défilé de notes identiques et stridentes. Le musicien qui lui donna naissance ne s'est pas fatigué : il ne prit pas même la peine de faire varier les notes. Ce devait être un machiste enragé, un père sévère et légèrement sadique, un homme qui allait droit au but. Radiation est d'une amusante originalité dans la mesure où elle fait penser, aussi bien par son titre que par sa cadence, au cancer. Memento mori des temps nouveaux, elle porte en elle une contradiction, puisqu'elle paraît véhiculer un chant de la vanité : à quoi bon te réveiller ? Pour bosser, dis-tu ? Mais à quoi bon ? Rembourser ton crédit ? T'acheter une maison de vacances ? Investir dans une nouvelle voiture ? Dans quel but ? Pour que ta femme soit fière de toi ? Mais enfin, ne sois pas naïf : tu sais bien que tu mourras d'un cancer généralisé le jour même où tu auras remboursé ton crédit, et que ton épouse se remariera avec ton meilleur ami (tu sais, celui dont elle dit qu'il n'est pas son genre, ce pourquoi tu ne dois pas lui faire d'histoires quand elle va dîner avec lui) ! Récréation est, après les films d'horreur, les paquets de cigarettes vides, les plages de Bretagne, les touristes dans les musées et les carafes de vin de l'Hippopotamus, la chose la moins récréative qui soit au monde. Signal est exactement la même sonnerie que celle que j'avais entendue, lors d'une visite à l'hôpital, quand le cœur de mon oncle avait cessé de battre. Vague, enfin, ne correspond qu'aux vagues que l'on observe, dans sa baignoire, lorsque l'on a fait tomber son savon.

« Si ton réveil ne te réveille plus, c'est sans doute le signe que tu fais une dépression », m'a expliqué Mathieu, l'autre jour, alors que nous prenions une bière porte de Saint-Cloud. À l'entendre, la dépression semble être la chose la plus commune qui soit. Il suffirait de dormir un peu trop longuement, de soupirer au matin, d'alterner des périodes de grand enthousiasme et d'ennui profond, d'avoir des pertes d'appétit ou des problèmes de concentration – bref d'être un homme, pour se voir affublé de l'étrange statut de dépressif. Je ne sais que penser de cette histoire. Un peu facile, comme diagnostic. Trop tentant, de supposer qu'un cinquième de la planète est mystérieusement victime d'une intangible épidémie de la pleurniche. « C'est une dépression », nous dit-on pour désigner la moindre de nos souffrances, sans savoir si celles-ci émanent du corps ou de l'esprit, sans prendre soin plonger dans les profondeurs de ce qui cloche. C'est vrai que le mot est joli : la dépression s'impose, voilà tout. Il suffit d'écouter son nom pour comprendre qu'elle est incurable. Elle sert avant tout à expliquer que l'on ignore les causes de son malheur.

Il me semble que ces affaires de pseudo-psychiatrie permettent essentiellement de s'y morfondre. Tout d'un coup, des problèmes qui relevaient de la vie quotidienne, sinon de l'adversité, sont lestés d'un nom médical. L'étiquette assigne à l'âme des pathologies qu'elle façonne en les désignant comme telles. Des myriades de dépressifs, de maniaques, de schizophrènes, de bipolaires ou de paranoïaques en tous genres débarquent de nulle part. Leur armée est redoutable. Elle avance d'un seul bloc, m'enrôle dans sa course, et je marche avec elle.

Un seul objectif : réinventer le monde en semant, partout dans la société, des kyrielles de maladies mentales. Cette version Doctissimo de la psychiatrie est bien pratique. Elle nous décharge de notre propre poids. On s'y vautre comme dans un canapé. L'hypocondrie de l'âme est d'un confort suprême. Elle dramatise nos défauts pour les rendre insurmontables. « Je suis dépressif, c'est comme ça, je n'y peux rien :

inutile d'attendre de moi un quelconque changement », pourra-t-on déclamer à la moindre occasion, un brin d'indignation dans la voix. Étrange, cette exigence de traduire nos sentiments dans la langue de la science : aurions-nous besoin de nous débarrasser de ce qu'il y a d'impénétrable en eux ?

Non, je crois que Mathieu se trompe. La dépression n'explique rien. Ou alors, si elle existe vraiment, elle se cache dans les détails. Dans des précisions infimes ou insignifiantes, dans des circonstances minutieuses et presque imperceptibles qui m'empêchent de vivre. Jeudi matin, par exemple, quand le réveil a sonné, j'étais engouffré dans un rêve. Au début, je n'y apercevais rien. J'avais seulement la vision d'un parfum d'indolence : c'était une senteur imprévue, aux relents composites. À mesure que je l'explorais, l'arôme se dessinait peu à peu, grand caméléon d'haleines réunies. Le mélange s'éclairait. De la chlorophylle, d'abord. Celle d'un chewing-gum ruminé depuis des heures. Un effluve sec et empli d'amertume, aussi : quelque chose qui avait mal rafraichi – du tabac froid, accroché à ma peau. Autour, remontant de la terre, une chaleur diffuse… L'odeur de l'herbe roussie. Et, dans mon nez en kaléidoscope, les éclairs soudains d'une eau de toilette que je n'avais pas croisée depuis longtemps. Oui, c'est cela. La présence, à mes côtés, d'une femme. Les choses commençaient à se préciser. Une pelouse désertée. De part et d'autre, des peupliers solitaires. Sur une nappe étendue, Alma déposait des cortèges de gâteaux qui défilaient comme sur un tapis roulant. Chaque fois qu'une pâtisserie arrivait à ma hauteur, je m'apprêtais à la saisir avant de me raviser au dernier moment : celle d'après avait l'air meilleure. Je dédaignai un saint-honoré pour des choux à la crème, un fraisier pour une tarte au citron, un éclair à la framboise pour un opéra aux noisettes, une dacquoise parsemée de pistaches pour des sabayons recouverts de torsades de chantilly, un cake à la vanille pour des génoises nappées, des clafoutis pour un brownie asphyxié de ganache. Ces figurines de sucre continuaient de courir devant moi, et Alma commençait à s'étonner : « Léonard ? Pourquoi ne manges-tu pas ? À quoi bon attendre le dessert d'après ? Aujourd'hui, je t'ai offert le plaisir. Libre à toi de le refuser. Prépare-toi seulement à vivre dans des lendemains de givre. »

C'était à cet instant que le réveil choisit de sonner. En entendant la musique de Soie, la seule alarme qui ait un peu de charme, je crus caresser la main d'Alma, je m'abandonnai à elle, je l'enduisis d'une effusion de bonté, je la badigeonnai d'une confiance infinie. Mon téléphone retentit de plus belle. Personne de l'autre côté du lit, si ce n'est mon bras gauche.

3

Branle-bas au cimetière : un enterrement se prépare. Depuis ce matin, le gardien a l'air préoccupé. Il s'affaire sous la bruine, rafistole à la hâte ce qui n'est pas en ordre. De ma fenêtre, je distingue sa capuche qui gigote, va et vient en tous sens, trottine à la billebaude, inspecte les lieux avec un scrupule que je ne lui avais jamais vu. Il y a décidément une lueur d'effervescence – un arôme de dernière minute. Le gardien accélère ses mouvements. D'un geste précipité, il saisit un râteau oxydé par la pluie et ratisse l'allée principale, en l'épurant de ses feuilles mortes. Il détale de partout, se munit d'un sécateur, et tond, au hasard, les mauvaises herbes qu'il rencontre sur son chemin. Le travail est bâclé, mais les invités n'y verront que du feu.

Il remonte dans sa loge, se fait couler un café, et je l'entends qui peste. Ses invectives me parviennent, légèrement déformées par le vent : « Putain de toilettes, encore bouchées ! » Alors, il ressort, se cache derrière un mausolée abandonné, s'arrête un instant, prend un air coupable, regarde à droite et à gauche :

personne à l'horizon. S'il savait seulement que je l'observe... Mais non, il ne se doute de rien. Sa braguette se baisse silencieusement. Et il pisse contre une rambarde en grimaçant de gêne. Son jet ruisselle avec la pluie. L'averse, d'ailleurs, s'intensifie. En dix minutes, l'odeur sera partie. C'est fou ce qu'on peut voir depuis une fenêtre.

Une existence va s'achever sous mes yeux. Jusqu'à la dernière pelletée de terre, elle continuera de s'ébattre dans le monde, à sa manière d'essuyer les oraisons, de capter l'attention de sa postérité. Le temps d'une cérémonie, elle revivra presque, recommencera depuis son point de départ, se rejouera en accéléré, auréolée de louanges et de larmes impuissantes. Isolée dans son cercueil, elle suscitera une admiration empreinte de distance. Puis le moment viendra des adieux ainsi que du point final. Il sera trop tard, alors, pour revenir en arrière, pour changer quoi que ce soit, pour rajouter un mot doux, pour modifier une seule virgule. Naufragé dans le sol, englouti sous nos pieds, notre homme aura disparu quelque part dans les plis du temps. Générique. Rideau noir. Applaudissements et chacun rentre chez soi. Tout ça pour en arriver là.

Ça y est, j'aperçois le cortège qui s'approche. Il s'en revient à toute blinde de l'autre côté de la Seine, sans doute depuis l'hôpital Pompidou. Une suite de voitures qui avancent comme des jouets, mal à l'aise dans leur rôle. Une poignée de monospaces progressent dans le sillage du corbillard, alignés avec soin, wagons d'un train démantelé. Ils s'engagent rue Claude-Lorrain et ralentissent d'un coup au niveau de l'entrée du cimetière. Aussitôt, les habitants du quartier ferment leurs volets de conserve. Ils se calfeutrent comme des fourmis avant l'orage. Ce n'est pas très courageux, mais je n'y peux rien. Nous voilà seuls dans l'intimité de la mort. L'enterrement peut débuter.

Toute la famille, peu à peu, s'écoule sur la place centrale. Le gardien du cimetière accueille les arrivants la main tremblante. Des occasions comme ça, il ne doit en connaître qu'une fois tous les deux ans. Je le distingue, qui jette un coup d'œil vers la rambarde où il a pissé. Personne, sauf moi, ne pourra remarquer la trace jaunâtre que son sexe a dessinée en pochoir.

Les premiers à descendre des citadines sont les petits enfants, raidis par les coutures d'un costume absolument neutre (la tenue des journées importantes, que les adolescents enfilent à chaque réunion familiale), qui se déversent maladroits entre les tombes pendant que les adultes se réunissent autour du fourgon. C'est leur première fois. Leurs parents ont dû les éduquer dans cette révérence si malsaine à l'égard de la mort : oh, ne surtout pas en parler… ne pas prononcer le simple mot de décès… faire comme si la chose n'existait pas… mais y penser tout le temps, à chaque instant, chacun dans son coin, avec un petit air torturé et secret… De ce point de vue, ils sont à la hauteur. Le mystère de leur posture est travaillé. Debout comme des poteaux, ils se dévisagent narquois. Leur manière de s'épier est peu commune : on dirait qu'ils comptent, chacun, les boutons d'acné qui poussent sur le visage des autres. Çà et là, des amis triés sur le volet viennent leur taper sur l'épaule en faisant scintiller leurs pupilles d'une compassion humide.

Les deux fils du défunt assistent les croquemorts pour sortir la bière du fourgon. La gorge nouée, ils se prennent dans les bras, s'enlacent, se palpent, se donnent des coups de fauves, mais ne se regardent jamais dans les yeux. Tout en se serrant l'un l'autre, ils s'évitent. Tant de fois où ils ont anticipé, en silence, cette scène. Tant de disputes jamais avalées. Tant de remords qui continuent de leur retourner l'estomac. Des insolences évitables. Des insultes qui ont fusé pour rien. Leurs erreurs de mioches remontent des confins de l'oubli. Comment pourraient-ils s'entrecroiser du regard ? Ils contemplent la bière comme si elle contenait leur victime. Une seule envie : s'excuser à genoux – mais ils sont en retard d'un pardon. Ou alors s'enterrer avec lui. Ils accompagnent le cercueil en le touchant, l'œil désespéré. Ce n'est pas à leur père qu'ils disent au revoir, mais à leur première chair. Le corps de leur père : celui qui les a précédés dans l'enfance. Celui qui fut, pour eux, la porte même de l'homme.

Le corps de leur père, cette substance souriante qui les a introduits au monde, ces mains pleines de baisers qui les ont bercés à chaque nuit. Silhouette inviolable et puissante. Autoritaire et bienveillante. Contours incertains où s'est miré l'horizon. Visage solaire, miroir de ses propres enfants. Fenêtre de tendresse, où transparaissent des images d'antan. La simplicité fière d'une cravate ajustée, le dimanche, avant d'aller déjeuner au bistrot. La noblesse d'une cigarette allumée à la fin des repas. Les doigts agrippés au volant, sur la route des vacances. Ces doigts en bibliothèque, qui avaient une réponse à tout. Ces doigts qui désignaient les choses pour les faire exister. Peintre de père, d'où est venue la couleur des hommes. Royaume de référence, attendu chaque soir au retour de l'école. Pharaon d'une secte de bambins vulnérables. Source de la lumière, rythmant le temps d'une infatigable bonté, accompagnant chaque expérience d'une tonalité à suivre. Le corps de leur père, grand fauve tantôt majestueux et tantôt effrayant, attend désormais dans sa boîte. Il est là, dans son nectar en merisier. Car son cercueil n'a rien d'un cercueil : il respire encore. Leur père se dissipe comme les fleurs surviennent, dans l'antichambre d'un bourgeon. C'est un anti-papillon, qui nous quitte en chrysalide. Empaqueté dans son écorce brune, il s'enroule dans l'absence. Il faudra bien s'y habituer. Les fils marchent au rythme de ce pavé à longueur humaine, et observent leur père qui abandonne le règne de l'être pour celui de l'injonction – leur père qui, dorénavant, n'existera plus qu'en tant qu'héritage dont ils seront les gardiens. Héritage qu'ils pourront à tout moment, non seulement délaisser, non seulement profaner, non seulement laisser croupir dans la solitude de sa fragilité, mais déformer par respect, mais trahir à force de sacerdoce. Pour les deux frères, vivre, non pour rendre hommage au père, mais pour qu'il vive à travers eux. C'est sa transmission, qu'ils devront transmettre à leur tour.

Une berline entre dans le cimetière. Elle s'arrête au niveau du fourgon. Le maire de l'arrondissement est venu en personne, pour saluer son ancien camarade. Du reste, les élections municipales sont imminentes. La nouvelle majorité risque de lui coûter sa place. C'est du moins ce que disent les journaux. Logique qu'il fasse le beau. Les fils l'accueillent avec le respect dû à un fonctionnaire de son rang. Pendant un temps, la foule demeure immobile. On dirait qu'ils ne savent pas trop quoi faire de ce corps de bois. Alors, les discours commencent. Les invités se disposent à proximité du caveau familial. La cérémonie prend soudain une tournure plus solennelle. Un esprit de sérieux s'est installé d'un coup.

La biographie du défunt s'ébauche d'oraison en apologie. Je tends l'oreille, et les louanges me parviennent au compte-gouttes. Les plages d'Algérie... La pêche aux oursins, dans une crique aux roches dentelées. Une venelle dans les hauteurs de Mascara. Un enfant adorable, dansant sur sa terrasse en étendant le linge. Le sourire aux lèvres. Parfois, un cigarillo volé à ses parents... Quelques petites bêtises, sûrement : un ami parle de sa jeunesse de « bon vivant ». J'imagine deux trois escapades en deux-chevaux à la recherche d'un plaisir à taire. Puis le vent de la décolonisation. Le courage d'une famille qui a quitté l'Afrique dès 1953 – quand la guerre n'avait pas commencé. Les études de pharmacie à Toulon. L'arrivée à Paris et le coup de cœur immédiat pour le quartier d'Auteuil. L'installation dans l'appartement de la rue du Général-Delestraint, qu'il n'avait jamais quitté depuis. L'ouverture de la pharmacie Molitor. Son incorruptible sens du travail, la réussite fulgurante, les clients toujours satisfaits. L'humaniste qu'était Valère. Les additions qu'il réglait pour les jeunes dans les restaurants. Les tournées qu'il offrait à ses copains. Les dons, sempiternellement discrets, aux associations caritatives. Et puis les aventures politiques : sa dévotion pour Auteuil, son assiduité au conseil municipal, les journées qu'il passait à distribuer des tracts avant chaque élection, sa passion d'aider les autres. L'amour électrique qu'il portait au genre humain. On ne l'oublierait jamais.

Toutes ces précautions ne pèsent guère devant le passage du temps. Les petits-enfants ont les yeux qui parlent. Je perçois plus ou moins ce qu'ils disent du regard. Ils ne reconnaissent pas, dans ce portrait, le grand-père qu'ils connaissaient. L'homme aux blagues racistes sur les Arabes et les Juifs. Le vieillard qui, chaque dimanche, tremblait à l'idée que ses descendants pussent être pédés – et qui, à la moindre contrariété, se mordait les doigts en gémissant : « Je préférerais encore qu'il épouse une négresse. » Le raseur qui ruminait sa même nostalgie de l'Algérie et de sa fatma de jadis. Le radoteur qui pestait, à chaque fin de dîner, contre un gouvernement qu'il accusait de lui voler son argent. L'horrible veuf qui n'avait parlé de sa femme que pour dire à quel point elle fut trop bavarde. Le vieux déchet qui, dans la rue, avait un talent sans pareil pour condenser toute la sécheresse des aigris en une seule phrase : « Elles me font rire, toutes ces bonnes femmes qui sortent avec des jeans troués. On dirait qu'elles prennent plaisir à exhiber leur cellulite. » Le salaud qui, sans relâche, était parvenu à terroriser ses deux fils et à les castrer pour l'éternité. Cette manière de faire chier jusqu'aux portes de la mort.

Les discours continuent. C'est au tour d'un ami d'enfance, qui évoque l'immortelle dignité de son camarade. Puis du maire, qui salue « Monsieur le pharmacien du village d'Auteuil, Monsieur le conseiller municipal de 1995 à 2014, mon cher Valère ». Une fausse note s'est toutefois installée entre nous. Comme une grande béance qui se glisse au milieu. Tant de mots impuissants à masquer le silence… Les petits-enfants qui, à chaque compliment, dodelinent de la tête dans un alliage de défi et de rage. Les neveux qui refusent de porter la bière. Le fils qui, à la fin de chaque oraison, demande si quelqu'un a quelque chose à ajouter. Toute cette foule qui bombarde Valère de mots pour lui arracher l'ombre d'une vérité. Et ce talitre de Valère, qui partira nappé d'un infranchissable mystère, en échappant à son propre enterrement, évadé de son caveau comme on s'extrait d'une galerie de sable.

Le jugement dernier va commencer. À la clé, une éternité fragile : celle de la mémoire. Monsieur le pharmacien disparaît dans son canot de sauvetage. Dans vingt minutes, tout le monde sera rentré chez soi, et il reposera seul. De l'autre côté de la mort, Valère lui-même deviendra un monument. À sa manière, il continuera de peser sur le monde. On se référera à lui, parfois, des trémolos dans la voix, par grandes phrases chevrotantes. Lentement, ses fils l'imiteront de plus en plus, deviendront ses répliques ; et Valère, bulbe à floraison retardée, se prolongera en eux, enfoncera ses radicelles au plus profond de leur ossature, s'imprimera dans leur physionomie, marquera leur bouche de ses anciens rictus, infléchira le timbre de leur voix. La course du défunt se poursuivra en élution, baveuse et étalée. Oncle Valère s'invitera dans les balbutiements de sa postérité. Avec le souffle des mythes, ses maximes les plus célèbres resurgiront : « Dans la vie, il faut toujours avoir plus d'ennemis que d'amis, et plus d'amis que ses ennemis. » Un téléphone arabe les déformera de génération en génération, jusqu'à les dévitaliser entièrement. Un jour, quand ses petits-enfants n'auront plus d'acné, ils se rappelleront : « Je crois que mon grand-père disait que les amis étaient plus importants que les ennemis. » L'astre de Valère se réduira à la vitesse d'une mare asséchée. Ne restera qu'un crassier d'anecdotes, monticule de récits en porcelaine ou de cartes postales effritées – et, finalement, rien qu'une stèle parmi les stèles : « Valère Desquières, 1944-2018, Pharmacien du village d'Auteuil, conseiller municipal. » Une saccade dans l'espace du temps.

Devant les grilles du cimetière, des cigarettes s'allument. Le cortège se reforme, repart en sens inverse d'un rythme soulagé, et se disperse aussitôt.

4

Le jour survient par pétales de lumière. Des segments de soleil descendent jusque dans mon lit. Dans l'éclaircie du rai s'alanguit une poussière mousseuse. Ça se tâte en diagonale. Chargé de particules, le studio ronronne dans ses vapeurs. Il fait calme. Trop calme. Presque suspect. Je vais à la fenêtre : le cimetière n'est plus derrière le rideau. Non, il n'a pas disparu. C'est juste que je le vois sans lunettes, droit devant, en vérité. L'évidence est là. Elle crève les yeux. Je tourne la tête dans un sens puis dans l'autre : les morts sont partout dans la ville, et les rues s'immiscent partout dans le cimetière. L'équivalence est stricte, définitive, absolue. Autour, des diversions impossibles.

Tout est si clair, à présent. Tellement simple que je me demande pourquoi je ne l'ai pas vu plus tôt. Le ciel s'amuse. Il minaude. Le soleil glisse de lézarde en venelle, et les gens courent derrière – quant à moi, je les vois venir de nulle part pour retourner dans l'ombre. Où vont-ils au juste ? Ils marchent depuis la mort. C'est flagrant : le cimetière n'est pas l'ailleurs de la ville mais son point nodal, sa bile et son squelette. Il dit la ville mieux que les métros, les boîtes de nuit, les terrasses de café et les vélos qui l'agitent. En lui se constitue l'architecture par excellence – l'ossature et le point de départ. Face aux visages qui progressent le nez dans le guidon, les sépultures se tissent comme un linon d'appels, grouillantes et impossibles à court-circuiter. Elles dépouillent la cité des vivants pour la ramener à ce qu'elle est en son insurmontable pureté : un amoncellement de constructions sans pourquoi. La ville divertit, éloigne l'homme de ce qu'il devrait voir, l'égare loin de ce qu'il devrait affronter. Le cimetière se contente de rappeler qu'il n'y a rien à voir ni à affronter.

Les gens qui disent, ou se plaisent à croire, que le cimetière est l'envers de la ville, qu'il est une démocratie exemplaire où chaque habitant est égalisé par la mort, ramené au sort commun de l'humanité, dans la même condition que son voisin, et, par le même geste, enraciné dans sa véritable identité – ces gens-là s'illusionnent. Sont-ils déjà allés dans un cimetière ? Ont-ils déjà pénétré un alignement de tombes en se débarrassant de toutes leurs rêveries romantiques ? Ont-ils déjà vu que le cimetière est l'ultime agora de la comparaison universelle, de la vanité des cadavres, du j'ai-eu-une-concession-perpétuelle-alors-que-tu-vas-finir-dans-la-fosse-commune, du mon-mausolée-est-plus-grand-que-le-tien, du j'ai-plus-de-roses-sur-ma-tombe-que-mon-voisin-de-caveau ? Ce qu'ils ignorent, c'est que les morts se défient. Qu'ils sont les premiers, et donc les derniers, à se comparer infatigablement: À chercher l'originalité, la pierre en plus, la stèle qui fera la différence. Que la mondanité les suit jusqu'à l'enterrement. Que leur déchéance se sera enfouie avec eux, qu'elle se sera mêlée à la poussière, qu'elle aura tenté de dompter les vermines. Arrivistes jusqu'au trou.

Le cimetière m'aimante. Je rôde autour de ses grilles entrouvertes. De part et d'autre de l'allée, les tombes se dénudent à ma vue. D'un clin d'œil, chacune attire mon attention, la retient par un je-ne-sais-quoi d'original, l'agrippe aussi longtemps que possible, la distrait ou l'éblouit. Il n'y a personne pour penser à ces morts, alors ils s'accrochent à moi, m'attrapent par les vêtements, se cramponnent à mes chevilles, abandonnant au passage ce qu'il leur restait de dignité. Je traverse leur foule silencieuse, ma promenade s'éternise et ils me défigurent, suspendus à mes pas.

Les morts cherchent à m'impressionner. Je ne céderai pas. Hirsutes et inquiétants, ils ne lâcheront rien. Une à une, les tombes déroulent leurs charmes. Parmi elles, le monde se reconstitue, en plus mélancolique. Tout un univers s'esquisse, peuplé de figurines malhabiles et d'archanges délavés, de pampres sans raisins et de boutons de pierre. Un seul mouvement : celui du pourrissement. Les vitesses s'amortissent, laissant place aux becs tétanisés de quelques oiseaux de bronze. La colombe s'endort dans sa statue. On dirait qu'elle s'est congelée en plein vol.

Pétrifiée, elle chancit en silence, sans broncher, parmi les pierres peintes et les plaques décaties. L'altération prend son temps. Bientôt, elle recouvrira tout. En attendant, le poinsettia fait semblant de pousser. Personne n'est dupe : même les bourdons l'évitent, alors les hommes… Des hommes, d'ailleurs, je n'en vois guère. Partout des métiers et des enluminures : Monsieur X, membre de l'Académie française, Monsieur Y, professeur à la faculté de droit de Paris, Monsieur Z, chevalier de la Légion d'honneur – et son voisin qui s'enorgueillit de le battre. Autant de curriculum vitae soigneusement gravés dans la pierre, mais en vue de quel entretien d'embauche ? Pour obtenir quel titre supplémentaire ? Quel uniforme autre que celui du linceul ? Quels admirateurs, dans cette nécrothèque, sinon des constipés impuissants ? Quel regard à épater, à part celui des gardiens, des visiteurs, des gothiques en quête d'une photographie provocante et des allumés comme moi ? Nous sommes fiers de mourir alors qu'on crève d'emblée.

Finalement, je trouve que le cimetière est le meilleur appareil photo pour comprendre le monde. Les morts se battent. Il faudrait être aveugle pour ne pas le remarquer : leur paix éternelle n'est que la déflagration d'un conflit irrémédiable et absurde. Ce sont eux qui nous ont initiés à la guerre. Ce sont eux qui nous ont transmis le sens de la haine. Devant moi, la nécropole s'étale. À droite comme à gauche, que m'est-il donné de voir ? Des tombes, bien sûr –

mais, à travers elles, c'est tout un système de hiérarchies qui se dresse. Des violences muettes. Il y a, au premier rang de la visibilité, ceux dont les stèles attirent l'œil du passant romantique. Les glorieux, que des pèlerins visitent. Les admirables, que les proches continuent de veiller. Et puis les hommes dont la sépulture a effacé jusqu'au nom. Ne reste de ceux-ci qu'une plaque aux lettres indéchiffrables – un irréparable oubli. Ces hommes sans nom ont œuvré dans la vie pour en incarner un, mais le cimetière a rayé leur existence du temps. Ces hommes-là sont plus que morts : aux yeux du monde, ils n'ont jamais existé. Lentement, le sol les absorbe et se les approprie. Car c'est la terre qui finira par gagner. Face à elle, aucune résistance n'est possible. Alors, bien sûr, les morts s'acharnent à résister contre leur propre défaite.

J'ai marché jusqu'au fond de l'allée principale. Le cimetière, je le crois, m'a donné toute sa vérité. À mon avis, je n'ai plus rien à y faire. Je ferais mieux, c'est sûr, de le quitter pour de bon et de rentrer chez moi. Au moment où je m'apprête à franchir sa grille principale pour regagner la rue, je me retourne une dernière fois. Toute cette étendue que je commence à connaître par cœur ressemble désormais à une bataille navale que le givre aurait pétrifiée – à une partie interrompue d'échecs. Règnent là des injustices figées. Des luttes statufiées. Il ne me reste, à cette vue, qu'une seule certitude : le cimetière n'est rien d'autre qu'un immense radeau dont les naufragés, faute d'être solidaires dans la dévastation qui les unit, passent leur temps à se comparer vainement, à se jalouser pour un gilet de sauvetage qui ne les sauvera pas. Chacun avec sa dignité, qui le renforce dans le rien.

La vie comme un naufrage raté. J'aime bien cette image. Je crois que notre condition peut être ainsi dépeinte : nous habitons un bateau sans provenance ni destination, titubant dans la nuit, vacillant parmi des vagues menaçantes. Dans son séjour, l'Humanité, hagarde, s'ennuie profondément. Pourtant, elle doit vivre, et pour cela se convaincre à chaque instant que sa traversée de l'océan la mènera à quelque littoral. Le capitaine lui-même n'en sait rien mais, pour donner aux autres un espoir qu'il n'a pas, transmet aux Hommes des passions qu'il leur invente, et qu'il doit renouveler sans cesse. La Religion, depuis la hune, est celle qui crie « Terre » alors qu'elle ne voit devant elle que la répétition océanique des flots. La Philosophie, mélancolique par nature, est tiraillée entre la tentation de sortir du bateau et son enracinement sur son pont. La Politique, prosaïque, estime que l'horizon importe peu, et que la seule question décisive est de savoir comment administrer le bonheur parmi les habitants du navire. L'Économie, aveugle par principe, ne considère que les échanges qui ont lieu parmi les voyageurs, désireuse d'accroître leurs richesses. Le Plaisir est un agréable passe-temps : lorsque le voyage a une destination, c'est la chose la plus salutaire qui soit – si, en revanche, il est marqué du sceau de la vanité, le Plaisir ne séduit que ceux qui sont en nombre. Le Socialisme espère naïvement qu'il suffit d'accorder à chacun une cellule égale dans le bateau pour donner un sens à un voyage qui n'en a pas. Le Capitalisme, plus jobard que son antagoniste, prolonge, tête baissée, la même erreur que les hymnes de l'égalité, avec le même sentiment d'évidence devant la vie, avec ce même empressement à faire grimper sa structure vers des pinacles sans fondements, excité de construire un homme nouveau, dont les articulations, les nerfs, la moelle et les humeurs abritent d'autres hommes, troncs humains charriés par les nuées de sa course. La Philanthropie s'illusionne, et rêve que la solidarité des hommes remplace l'absurde de leur condition. L'Esprit du journalisme endort l'inquiétude des voyageurs à coups de faits divers, de récits sordides et de bagatelles qui, sous sa plume où à travers son écran, deviennent de grands événements. L'Art, surtout, est l'idole la plus perfide. Maintenant que j'y repense, j'y vois plus clair sur mon passé de « peintre numérique ». Mes *Lueurs* n'étaient qu'une tentative d'acheter l'éternité à bas prix. Étais-je un « artiste » ? Je n'en sais rien. Ce qui est certain, c'est que je n'étais pas un homme à part : comme tous les autres, j'avançais mes pions à travers le monde.

Mais je m'égare. Revenons à mon navire nocturne, et à ces idéaux que le capitaine conféra aux voyageurs pour faire passer le temps. Morphine salutaire, cet amas de passions permit à l'Humanité de vivre longtemps le nez dans le guidon, vénérant tel fétiche avant de lui en préférer un autre. Mais quand elle les épuisa tous, elle découvrit que c'était le capitaine qui les lui prodiguait, lui qui voulait endormir les souffrances de ses semblables en les abreuvant d'espoir.

Alors, les voyageurs du bateau furent profondément désemparés. Ils se contentèrent, apathiques, de regarder l'horizon sans chercher de rivage. Personne, parmi eux, n'entrevoyait la raison d'être de ce voyage insensé et sans fin. Plus d'illusions, plus de chimères, plus de désir : les voyageurs cessèrent même de faire l'amour. Et, quand ils essayaient de copuler, il leur arriva ce qui m'est arrivé : *ça* ne bandait plus... Et pour cause : la société humaine n'était plus portée par rien. Les gens n'en pouvaient plus, mais, à moins de se suicider, ils n'avaient aucun moyen de fuir ce navire de cauchemar. Alors, ils restèrent sur le pont, à faire *comme si* de rien n'était. Faire *comme si* ou mourir, voilà l'alternative.

Le bateau, en un mot, était complètement essoufflé. Pourtant, alors même qu'il n'était plus stimulé par aucune énergie, il continuait d'avancer, perdu parmi les flots. Et c'est là le grand mystère de toute cette fable : comment peut-on continuer un voyage dont on ne voit plus du tout le sens – et qui n'en a sans doute pas ? Mon historiette s'arrête ici, avec cette question sans réponse, mais je crois qu'elle reflète assez bien l'état présent des choses, dans notre société. Suis-je fou ou bien le récit de ce voyage est-il l'histoire de notre condition, celle que nous vivons, nous autres, habitants de Nécropolis ? N'est-ce pas criant, que notre ville tout entière est construite autour d'un vide ? N'est-ce pas flagrant, que nous manquons de valeurs suprêmes, nous qui avons détruit nos idoles comme un enfant casse ses jouets ?

C'est bête à dire, mais je suis, malgré tout, assez fier de vivre dans une civilisation qui, depuis des siècles, a employé son ardeur à briser tous les idéaux qui peuvent donner de la force à un être humain. Ne faut-il pas être mû par un élan insensé, mêlé de courage et d'autodestruction, pour se débarrasser de ses perspectives de salut ? Aux oubliettes les transcendances, adieu les fulgurances. Ne restent que des interrogations infinies, des angoisses insensées, des ivresses impossibles. Rien qu'un grand silence, et la mer du monde qui se déploie partout – comme un tunnel infini. Mais ce tunnel, où nous mènera-t-il ? Vers l'avant-garde du monde ? Ou vers la société du rien ? Le problème, c'est que je n'arrive pas à nommer l'événement qui se prépare. Nous sommes sur un seuil, c'est sûr, mais je suis incapable de dire si nous courons vers notre suicide ou vers un autre commencement.

5

Je suis descendu au café. L'avantage de la Garçonnière, c'est que les clients n'y viennent que pour déjeuner. Passé quatorze heures, c'est le calme plat : un bistrot de chaises vides. Je suis installé à bonne distance de la porte, d'où émane un courant d'air assez horripilant. Dans le coin d'en face, une cravate verte et un costume anglais – oui, pas de doute, voilà mon vieil homme au béret. C'est la première fois que je le vois ailleurs que sur la route du cimetière. Il ne fait rien, à part tenir son demi de bière blonde sans l'approcher de ses lèvres. Son croque-monsieur refroidit sous ses yeux. Dans cinq minutes, l'emmental fondu sera devenu une sorte de plastique infect. Je crois bien qu'il m'a reconnu. Il n'y a que lui et moi, et nous nous épions de loin.

La serveuse s'ennuie. En général, elle profite de la désertion des clients pour réviser son concours de solfège, cachée derrière le bar. Mais là, elle allume l'écran de télévision et y insère un DVD. Sur la vidéo, un orchestre joue une cantate de Bach dans une église nocturne. Les hautbois se lancent en escalier. De phrase en phrase, ils dévient légèrement, de plus en plus contrariés, bientôt délirants et transis. Des remontrances sourdent avec les violons râpeux. L'ouverture hésite : elle revient, repart, balbutie – puis, d'un coup, ose imposer une mélodie. Oh, rien de spectaculaire. Huit notes seulement, qui se trémoussent et s'étirent. Quand la phrase s'arrête, l'orchestre la propage autrement, décalée d'un arpège, comme déformée par son écho. Le dialogue recommence toujours là où il s'est arrêté. Deux hélices s'entrecroisent et gravissent en même temps. Ça monte sans cesse, les sons se heurtent à un miroir qui les intensifie. Les voix s'en mêlent, s'interpellent l'une l'autre dans une cacophonie droite. On ne sait plus, finalement, qui répond à qui. Si la musique est belle, c'est parce qu'elle ignore ce dont elle est l'image.

« Excusez-moi de vous déranger, mais j'ai l'impression que nous nous sommes déjà vus quelque part, et je n'arrive pas à savoir où. »

Je n'avais pas vu le vieil homme s'approcher de moi. Il a remis son béret en venant me parler, comme pour que je l'identifie mieux et, avant de me laisser le temps d'une explication, sa bouche énumère tous les lieux qu'il fréquente : « Est-ce ici, que nous avons déjà mangé à une table voisine ? Cela m'étonnerait : je ne mange que très rarement au restaurant. Peut-être fréquentez-vous la librairie de la rue Erlanger ? Le poissonnier de l'avenue de Versailles ? L'épicerie polonaise du boulevard Murat ? Ah, une dernière possibilité : avez-vous l'habitude de vous promener aux Serres d'Auteuil ? » Pas le temps d'en placer une. C'est incroyable, cette manie qu'ont les gens, en ma présence, de monopoliser la parole sans me permettre de répondre à leurs questions. On dirait que je suis une sorte de confessionnal où l'on vient déverser ses tirades.

J'arrive finalement à m'intercaler entre deux de ses tirades : « Non, nous nous sommes vus au cimetière d'à côté, où je vous croise souvent. »

Le voici, tout d'un coup, moins loquace. Il recule par petits pas, et s'apprête à retourner à sa table. Exactement comme si j'avais gaffé. Pourtant, je n'ai fait que dire la vérité, et répondre spécifiquement à sa question précise. C'est à moi de le relancer, faute de quoi je l'aurai perdu.

« Peut-être y avez-vous de la famille ?

— Non, pas vraiment. »

À son tour d'éluder, de répondre par répliques laconiques. La cantate continue et la serveuse, émue jusqu'aux ongles, contemple les mains des violonistes. Soudain, le chœur revient à la charge. Et la phrase de tantôt se répète, transmuée et grandie : réveillez-vous ! crie la voix. Mon salut, demandait le soprano, quand viendras-tu donc ? Le vieil homme ne bouge pas. Si je ne m'entête pas à le questionner, il reviendra à son croque-monsieur en caoutchouc. Quel mystère a-t-il donc à cacher ? Une femme disparue ? Non, pas de bague aux doigts, et un air de célibataire endurci. Il faut que je me souvienne… Que trafique-t-il, au juste, dans ses promenades au cimetière ? Je crois bien que ça me revient. Oui, c'est fou comme je n'y avais jamais prêté attention : il oscille entre les sépulcres, les examine un par un, les observe avec le sérieux d'un professionnel. Il prend des notes mentalement, contemple chaque décor, apprend les épitaphes par cœur, essaie de décrypter leur mystère. Puis, quand le passage en revue est fini, il va toujours marcher du côté des emplacements vides, les regarde avec amour, et s'y projette du regard. C'est cela : il prépare sa tombe. Cela fait des mois que ce malade arpente les mausolées à la recherche de ce qu'il restera de lui. Cet homme est comme moi : il habite Nécropolis. Il a découvert, dans le cimetière, les mêmes choses que moi. Peut-être a-t-il arraché une vérité de plus ou de moins aux blocs de marbre. Mais l'essentiel n'est pas là : voilà quelqu'un qui a identifié le lieu où nous vivons. Je le fixe bien dans les pupilles. Ses yeux perçants se rétractent. Il comprend que j'ai compris. Trop tard pour reculer.

« Comment sera la vôtre ? »

Lentement, il ôte son béret. Le temps se divise en cellules immobiles. Apparaît alors un crâne à la peau sèche, qui paraît contenir des pensées radicales. Même s'il ne bouge pas, son front bouillonne furieusement. Il va parler, c'est certain.

« Je peux du moins vous dire ce qu'elle ne sera pas. Vous savez, cela fait un an que je parcours les tombes de ce minuscule cimetière – et je crois que j'ai vu quelque chose. Avez-vous remarqué ce que les hommes laissent d'eux ? Une stèle avec des dates : naissance et mort. Et, au milieu, une identité administrative, comme sur un passeport. Rien que des choses qu'ils n'ont pas choisies. Des années qui leur sont tombées dessus, obligés au monde puis congédiés de lui. Des noms qui se sont imposés à eux à la vitesse des monstres. Rien que des anecdotes de ce qu'ils ont été. C'est pour ça que la mort n'existe plus. Je crois bien que nous avons fini par l'assassiner. »

Je le cuisine. Tout cela, je l'ai également aperçu. Ces remarques sont des prières jetées au vent, aussi vraies qu'inutiles. Non, ce que je veux savoir, cher monsieur, c'est ce que vous allez écrire sur la vôtre – c'est ce qui, dans votre disparition, continuera de vous appartenir.

Le voici qui remet son béret et se ressaisit. Il va passer à table. C'est l'affaire d'une seconde.

« Écoutez, il y a bien quelque chose… Une intuition, mais je ne sais pas ce qu'elle vaut… Parfois, j'ai l'impression qu'elle est la clé du monde ; d'autres jours, je la trouve repoussante. Je l'ai trouvée dans un vieux livre… Diogène Laërce… Figurez-vous que les Grecs d'avant Socrate ne parlaient pas en termes de naissance ou de mort, mais d'acmé. D'acmé, oui, vous avez bien entendu. L'acmé désigne le moment où un homme a atteint le point culminant de son existence. L'instant où il devient ce qu'il a été depuis toujours. L'éclair de son authenticité. Je me demande si ce n'est pas cette acmé que je devrais inscrire sur ma tombe. »

Aucun œil n'a pu voir et aucune oreille n'a pu entendre une telle joie. Voilà de quoi nous sommes joyeux… éternellement dans une joie sereine. Le chef d'orchestre, sur la vidéo de la cantate, paraît soulagé ; il ouvre désormais la bouche comme s'il s'apprêtait à boire l'eau d'une fontaine. Ses mains cessent de sautiller, et gambadent plus sereinement, exprimant une tension déclinante et une légèreté presque totale. Les mouvements de ses deux bras s'avèrent désormais parfaitement symétriques. Son autorité, imprimée jusqu'alors dans les traits de son visage, semble s'affaisser lentement, remplacée par une irrésistible fierté. Il adresse à la caméra un sourire de reconnaissance pudique. Une larme hésite à perler entre ses cils, mais la vidéo s'arrête avant qu'elle ne s'écoule.

III

L'ÉNERGIE DU RIEN

1

À en croire les réseaux sociaux, Alma serait de passage à Paris pour trois mois. Il paraît qu'elle est chargée de cours à Tolbiac. Je peine à l'imaginer dissertant entre les murs gris d'une salle de travaux dirigés, devant une vingtaine d'étudiants. Je m'efforce de la concevoir sur l'estrade, en train d'exiger l'attention de son auditoire, de faire l'appel, de donner des mauvaises notes, de proposer des synthèses de méthodologie... J'ai l'impression qu'elle doit être la première ennuyée de cette mise en scène, mais c'est sans doute parce que j'ai raté des chapitres.

Derrière cette fenêtre, Alma promène son ombre quelque part dans la ville. Venant de l'ouest, un cumulonimbus se profile, chargé de pluie et rasant les immeubles. Pour l'heure, les piétons l'ignorent, et continuent de gesticuler en terrasse. Mais il s'approche en droite ligne. Dans vingt minutes, il recouvrira tout, parterre inversé de noirceur. Pas l'ombre d'une percée translucide : le nuage est dangereusement sombre. Dire que, là où elle est, Alma appréhende ce même tissu de brume... Penser qu'elle recevra les mêmes gouttes en plein dans les cheveux… Concevoir que nous sommes menacés par une même averse. La météo nous rattache, outre ma nostalgie.

À quoi ressemble son quotidien ? À ce sujet, je n'ai pu récolter qu'une seule information : elle prend souvent son petit déjeuner à l'étage du Trait d'union, à mi-hauteur de la rue de Rennes. Il semble, d'après les photographies qu'elle publie sur Facebook, qu'elle a un faible pour la formule continentale, avec une omelette et du bacon. Avec un peu de chance, elle habite dans les parages de ce bistrot.

J'attends patiemment mes crevettes à la mayonnaise. Il est bientôt midi. Alma a bien raison de venir manger ici le matin : ce lieu est charmant. Je me suis installé sur le sédari du fond, face à la baie vitrée d'où j'assiste aux mouvements de la ville sans bouger d'un centimètre. De partout, les gens défilent sur le bitume, véritable lagune d'hommes impossibles à capter du regard. À l'horizon, les immeubles se partagent le ciel avec le doigt tendu de la tour Montparnasse qui se profile entre les toits. Un serveur ventripotent m'apporte un pichet de vin. Je me débrouille pour lui serrer la main qui, quelques heures plus tôt, a sans doute porté son café à Alma. Je ne suis plus qu'à une poignée d'elle.

Il fait humide et chaud. Pleuvra-t-il ? Je n'en suis plus certain. Le nuage semble apporter un surplus de chaleur qu'il ne se décide pas à cracher. À droite, une fenêtre entrouverte reflète ce qu'il se passe à l'angle opposé de la place. Je ne l'avais pas aperçue, mais, à présent que je la fixe, son verre dépoli projette de bien étranges figures. L'effet de miroir est si intense que l'on distingue, dans le coin supérieur, la façade du Bon Marché. Et puis ces piétons, qui détalent en bloc, d'où se réverbèrent-ils ? De loin, sans doute… Mais ils paraissent si proches, tellement immédiats – presque incarnés dans la vitre. Les corps me cernent de partout. Ingambes, ils s'écoulent devant moi dans un jusant de silhouettes informes. C'est une ruche désordonnée, chacun suivant sa petite direction, chacun marchant après son atome de nombril. Trop de jambes empressées, trop de rythmes écartelés, trop de visages à considérer.

Je n'ai aucune raison de croiser Alma. Si elle a pris son petit déjeuner dans cette salle ce matin, je ne vois vraiment pas pourquoi elle y retournerait deux heures plus tard. Tout au plus pourrais-je peut-être l'épier de loin… Mais je ne préférerais pas. Le mieux serait, pour l'instant, de venir en repérage.

Mon ventre se réchauffe, grouille de bulles acides, délicieusement ardent. L'alcool m'a donné faim. Les crevettes arrivent avec le deuxième pichet, recroquevillées et déplorables. Elles ne bougent pas, mais je les sens qui brûlent de pianoter dans le vent. Leur carapace résiste quand je les décortique. Elles veulent que je me sente coupable d'être la cause de leur présence dans cette assiette. Non, je ne regretterai rien, mais elles auront gagné : l'appétit s'est évaporé.

2

Les retrouvailles demeurent isolées dans le temps. Elles ne sont ni tout à fait une fin ni vraiment un début. Inutile ricochet en arrière, malsain et destructeur, sans espoir aucun de refonder quoi que ce soit, elles ne servent qu'à se délecter d'une souffrance pour larmoyer sur ce qui n'a pas eu lieu. Leur unique but : regagner l'existence en croyant un peu moins dans la vie. Une amertume se déplie. Elle soupire faute d'un repentir. On a le mal d'un pays où l'on ne veut pas retourner. On se sent en exil chez soi et l'on méprise l'horizon. J'aime les retrouvailles, car elles oscillent dans l'énergie du rien.

Alma va toquer dans cinq minutes. J'ai pris soin de fermer les rideaux. Dans le miroir, je m'observe une dernière fois. Quelque chose a changé sans que j'y prenne garde. Mon œil a gagné en assurance. Aquilin, il se méfie de moi, je me détourne de lui. Des lignes sont apparues sur mon corps. Elles dessinent, par fines courbes, un paysage de bulbes arrondis qui donnent du relief à ma peau et se recomposent au rythme de mes mouvements. Mon coude se plie, faisant gonfler, au niveau de mon bras, une poche aux allures de tôle gondolée. Je bombe le torse. Deux monticules se contractent et me surprennent. Ils sont nets et soigneux. Plus bas, mon nombril se creuse et s'accidente. Mon reflet m'intimide : je ne m'étais pas avisé qu'il devenait musclé.

C'est l'heure. Je remets ma chemise. D'une lenteur métronomique, Alma gravit l'escalier. Je suis du regard sa main qui tourne avec la rampe. J'entrevois le flottement d'une mèche, je l'entends qui s'essouffle peu à peu. Ça va être le moment. Je me place sur le paillasson. Son cardigan apparaît, et il se passe cette chose étrange. Juste avant de tendre la joue pour me faire la bise, elle se raidit d'un geste brusque et me pétrifie du regard. C'est idiot, mais je n'arrive pas à faire semblant. Tout ce que j'avais anticipé s'effiloche d'un coup. L'intensité s'impose à nous. Ses paupières écartent les miennes. Enchâssé à elle, je contemple son expression apeurée, avec l'impression qu'elle cherche à me transmettre sa frayeur pour retrouver quelque chose dans mes pupilles.

Elle porte un rouge à lèvres carmin et un chemisier bleu. Sur le fond, rien n'a changé en elle, si ce n'est la virgule de son sourcil que remplace un léger filet noir. Elle s'avance dans mon appartement en quête d'un objet à commenter, mais ne découvre rien qui permette de rompre le silence : mon studio est plus vide qu'une cellule de prison. Elle s'assied et la gêne grandit.

Alma ne sourit pas. Ses traits graves respirent au ralenti. Elle attend que j'ouvre la bouche, et j'attends qu'elle ait fini de patienter. Je cherche une phrase qui sonne juste, mais celles qui me viennent à l'esprit s'avèrent toutes plus artificielles les unes que les autres.

« Ça me fait plaisir de te voir. »

Je me maudis d'avoir prononcé cette phrase. À peine proférée, elle me déçoit comme un dessin raté : j'ai l'impression de porter un vêtement qui n'est pas à ma taille. Sept ans d'éclipse s'achèvent sur une politesse. Mais, après tout, qu'aurais-je pu déclamer d'autre ? Il n'y a pas de pont entre ce que je ressens et les mots pour le dire. Elle compose deux ou trois réponses possibles dans sa tête, hésite un peu et relève le menton :

« Moi aussi. C'était drôle, quand je t'ai aperçu hier.

— Tu m'as vu quelque part ?

— Oui, devant la porte du Trait d'union. Je passais en trottinette, ça n'a duré qu'une seconde, mais je suis certaine qu'il s'agissait de toi. »

Je me doute qu'elle a compris ce que je faisais là. Elle perçoit que je l'ai deviné. À mon tour d'ébaucher mentalement des répliques. Je lui explique que je sortais d'un rendez-vous. Elle n'est pas dupe : j'ai quitté le bistrot avec la discrétion d'un chat solitaire. Alma a l'élégance de ne pas relever ce détail. Son crâne se penche vers la gauche, faisant balancer ses cheveux dans un mouvement qui n'est pas exempt de grâce. Je me demande soudain si ce n'est pas elle qui est à l'origine de cette mise en scène, si elle n'a pas fait exprès de publier les photos du Trait d'union sur ses réseaux sociaux, dans l'espoir tacite d'agiter un hameçon. C'est probable, cette stratégie d'appels subliminaux lui ressemblerait assez, mais, faute de preuves, je reste avec mon hypothèse.

Je sais point par point ce qu'est devenue Alma, pour avoir longuement examiné, hier soir, sa page Facebook, mais je l'écoute me confirmer ce dont je suis déjà au courant. Elle me parle de son arrivée aux États-Unis, de l'ambiance délurée des campus de Floride, des perroquets sur les plages fines et de la frénésie des boîtes de nuit. Elle me raconte sa solitude d'étudiante étrangère, les amphithéâtres bondés de natifs et les examens en anglais. Çà et là, elle ajoute un détail que j'ignorais : le baby-sitting qui lui permettait de s'acquitter du loyer, les road-trips estivaux, la découverte de l'Amérique latine, une expérience de mannequinat en Californie. Rien, bien sûr, sur les hommes. Un silence soigné.

« J'ai surtout fait beaucoup de stages, partout dans le monde. Je ne suis restée, au bout du compte, que très peu de temps en Amérique. Très vite, la bougeotte m'a contaminée, et j'ai accumulé les années à l'étranger. Ces sept années m'ont appris à m'exiler à chaque printemps : quitter le Maroc pour Singapour, Rio pour Johannesburg… Si bien qu'en définitive, je n'ai plus d'attaches ailleurs que dans les aéroports. »

Elle me donne cette information avec insistance et par syllabes détachées. Là, j'avoue que je ne vois pas très bien ce qu'elle essaie d'insinuer. Je crois comprendre, au son de sa voix, qu'elle veut s'excuser en sous-texte d'être partie. Une manière, sans doute, de me dire que la vie en couple l'aurait ennuyée, faute de décollages récurrents et de réinitialisations régulières.

« Tu fais donc partie de la jeunesse mondialisée, comme disent les médias ?

— Parce que toi, tu n'y appartiendrais pas ?

— Sincèrement, non. Je crois que l'essentiel est de trouver un point fixe d'où l'on puisse observer le monde. L'ancrage n'a pas besoin d'être en mouvement pour que l'univers tourne autour. Depuis la porte de Saint-Cloud, par exemple, j'en apprends plus sur la terre que si je gambadais d'exotisme en ailleurs. Il suffit, oui, de s'improviser une racine. Alors, on voit plus loin que d'en haut.

— Mais l'ennui…

— L'ennui ? Le simple fait que tu me poses cette question prouve que tes voyages ne t'en débarrassent pas. »

Elle fait semblant de ne pas relever cette remarque, change de sujet du tac au tac, évoque deux ou trois camarades de notre ancien lycée, puis revient à la charge.

« Bien sûr que je ne suis pas quitte de l'ennui. La crainte qu'il m'inspire m'oblige à évoluer avec une longueur d'avance : je préfère déguerpir avant qu'il ne survienne… Quand un pays me lasse, je suis déjà partie à l'autre bout du monde depuis longtemps. Cette politique de la terre brûlée, je te l'accorde, est lâche. Elle se révèle même contreproductive : les armes que je déploie contre l'ennui se retournent contre moi et me rendent encore plus encline à tomber dans ses griffes.

— C'est-à-dire ?

— Je vais te donner un exemple : quand j'ai pris l'avion pour venir à Paris, j'étais nerveuse, tant j'avais hâte d'atterrir. Sans doute voulais-je revoir ces rues où j'ai vécu de si belles choses. Mais l'Atlantique ne se traversait pas assez vite. Un empressement m'empêchait de profiter du vol et, à travers le hublot, je priais les nuages d'accélérer. »

« Ces rues où j'ai vécu de si belles choses… » Le message est clair. Elle n'ira pas plus loin dans les allusions au passé. Je reconnais bien Alma à ce genre de subtilités : comme toujours, c'est elle qui distribue les cartes.

« Mais je ne comprends pas : pourquoi t'obstines-tu à chasser l'ennui, alors qu'il revient toujours par la fenêtre ?

— La question n'est pas de vaincre l'ennui, mais de faire semblant de l'avoir terrassé.

— Tu veux dire que tu fais comme si tu ignorais l'ennui ?

— Oui, exactement : je fais comme si. Tu me diras que ce comme si est illusoire, je te répondrai que c'est, à mon avis, la seule solution possible. »

Je suis à court d'arguments sur l'ennui. Dans un coin de ma tête, je réfléchis à ce problème en veilleuse. Je le relancerai dès qu'une intuition me viendra.

Alma évite toute position lascive, et je m'efforce de ne la regarder qu'en face. De temps à autre, elle déplie ses jambes qui se disposent autrement, je m'interdis de noter à quel point elles sont sveltes. Mes yeux atterrissent sur la pulpe de ses lèvres, et je ne peux réprimer le désir de savoir quels dessins s'y inscrivent dans la volupté. J'ai l'impression d'être en face de la vision qui m'empêche de bander normalement depuis sept ans.

« Et toi, qu'es-tu devenu, depuis tes débuts dans le graphisme ? »

Elle va s'intéresser à moi. Il faut que j'aille à l'essentiel.

« Rien. »

La réponse fuse d'un soupir. Les vagues d'une moue ondulent sur la bouche d'Alma, enfin prise un peu au dépourvu. Mon « rien » a placé de l'électricité dans l'air. Elle a peur que je dise un mot de trop : rien, car je n'ai pu me passer de toi… J'aime que ses yeux puissent me fusiller de la sorte. Je suis parvenu à porter l'estocade.

« C'est-à-dire, rien ?

— C'est-à-dire que je n'ai plus de métier : officiellement chômeur. Mon salaire s'est multiplié par trois au jour où j'ai présenté ma démission. »

L'effet de suspense est réussi. Je commence à prendre du plaisir à cette discussion. Le récit de mes escapades au casino la fait rire. Je sens même une pointe d'admiration dans le creux de ses pommettes. Le sens de l'aventure est la chose au monde la plus facile à revendiquer : il suffit de faire semblant de se mettre en danger.

Nous ouvrons une bouteille de vin pendant que je sers des blinis au saumon fumé. Elle me propose une cigarette que je n'ose refuser. J'ai la sensation qu'elle m'ausculte, tandis que je tire sur la première bouffée.

« C'est étrange, tu ne fumes plus comme avant.

— Qu'est-ce qui a changé ?

— Le tabac semble te dégoûter. »

Je lui raconte comment j'ai arrêté de fumer au profit de la musculation. De haut en bas, elle m'examine. Je crois discerner qu'elle relève la naissance de mes muscles. Alors, elle se perd en murmures indistincts, chuchote à demi silencieuse et recompose le jeu.

« Te souviens-tu du jour où tu m'as fait fumer ma première cigarette ? »

À voix haute, nous restituons tout. Cette journée presque caniculaire où nous avions séché le cours d'histoire. Le tramway jusqu'à l'avenue de France. Le supermarché où elle avait acheté des chocolats à la noisette. Les quais de la Seine que nous avions arpentés. Cet escalier où nous nous assîmes. J'avais une casquette grise qu'elle m'avait arrachée de la tête pour la déposer sur la sienne. Le soleil s'échouait sur sa nuque d'où émanait un parfum aux notes d'iris. Sa tête, lentement, s'approcha de la mienne. Je me souviens encore de sa salive sucrée, de sa langue chaude et baignée de lumière. À l'époque, j'achetais des JPS. Elle en avait saisi une qui s'alluma sans faire de bruit. Alors, elle nous prit un selfie – notre premier. Le vin me monte à l'esprit, et remontent des images de plus en plus précises.

« Je peux t'avouer un secret à propos de cette photo ?

— La prescription est passée depuis longtemps… Je savais, au passage, que tu aurais conservé cette manie de demander si tu as le droit de prendre la parole…

— Eh bien, ce jour-là, tu avais une grâce particulière dont je ne parvenais pas à me distraire. J'en avais bandé jusqu'à la nuit. Sur la photo, mon érection se remarquait entre les pans de mon jean. Je n'ai pas osé te signaler sa présence. Et toi, te souviens-tu comme tu aimais ce selfie ? Tu l'exhibais auprès de toutes tes amies, tu en avais fait le cliché officiel de notre couple. Chaque soir, je rentrais chez moi en me promettant de t'avouer cette érection le lendemain, et chaque matin, j'avais peur de rompre l'harmonie qui naissait entre nous.

— Qui te dit que je ne l'avais pas remarquée ? Je pensais qu'en sept ans tu serais revenu sur cette naïveté. »

Elle bluffe et vient de se trahir. Je suis catégorique : elle n'a pas pu, à l'époque, relever ce détail. Sa pureté limpide contemplait le selfie dans une fierté mêlée d'enfance. Mon érection a dû lui sauter aux yeux bien des années plus tard, ce qui signifie qu'elle a conservé notre photographie, et qu'elle y a versé des larmes.

Ce qui est plus étrange encore, c'est que je n'avais, pour ma part, jamais repensé à cette histoire. Non que je l'eusse oubliée, puisqu'elle m'est revenue spontanément. Mais, alors qu'il ne s'est pas écoulé une semaine sans que je fasse défiler la chronologie des mois passés avec Alma, il faut croire que cette anecdote me paraissait surréelle.

J'aimerais lui raconter ce qui a suivi son départ. Elle comprendrait mieux ce que je suis devenu si elle savait comment, à Roissy, j'ai jeté mes derniers regards d'homme sur l'escalator qui venait de l'engloutir. L'aéroport continuait de frémir. Pendant vingt minutes, j'ai fixé cet escalator si déroutant où elle avait disparu, sans bouger d'un seul centimètre, afin de rester le plus longtemps possible sur la dalle où elle m'avait embrassé. Puis j'ai marché le long du dépose-minute jusqu'à atteindre un terre-plein qui surplombait les pistes. Son avion parut. Il était à deux cents mètres de moi, aligné dans le sens du décollage. Je le vis s'élancer et se courber dans un virage minutieux vers l'ouest. Dans le bus qui me ramenait à la porte d'Orléans, je comptais les kilomètres qui grandissaient entre Alma et moi. La nausée me gagna, avec les jours du vivre séparés.

« Il est bizarre, ton appartement : d'une sécheresse absolue. Trop propre et trop austère, il va tout droit à l'essentiel. Pas une affaire qui dépasse, pas l'ombre d'un meuble insolite. Cela m'étonne de toi, que tu habites dans cette cellule de moine moderne. On dirait une chambre d'hôtel postée sur l'autoroute. Tu viens de t'y installer ?

— Non, je loge ici depuis bientôt un an. Mais j'ai renoncé à l'aménager. »

Il fait de plus en plus sombre. Alma me demande d'ouvrir les rideaux. Je m'exécute. Elle se lève, happée par la fenêtre, et l'observe sans parler.

« Tu trouves cela normal, toi, de vivre en face d'un cimetière ? »

Je lui explique que, pendant des mois, je n'ai pas réussi à m'en détacher. Intriguée, elle ne m'en demande pas plus. L'envie me prend subitement de lui faire part de la confusion que j'ai traversée, des idées que j'ai nourries – bref, de Nécropolis. Je lui expose notamment les idées du vieil homme au béret à propos de l'acmé, en m'étendant assez longuement sur les détails de l'affaire. J'ai peur de l'avoir ennuyée.

« Et toi, finit-elle par me répondre, si tu devais définir le moment où tu es devenu toi-même, quel serait-il ?

— J'ai beau réfléchir, je ne vois que des anti-acmés : des moments où j'aurais pu m'orienter vers quelque chose. Des percées où j'ai failli bifurquer en direction de mon ombre. C'était à portée de main. Il suffisait d'enfourcher l'occasion. Je tendais le bras pour saisir l'instant de grâce – alors, une paresse m'en retenait à la dernière minute, laiteuse comme un soleil qui s'éternise au crépuscule. »

Inutile d'expliciter : Alma est consciente que je parle de nous. La soirée s'étire et se perd en bagatelles. Au moment où elle s'apprête à partir, ce que je cherchais à dire sur l'ennui me gagne d'un éclair.

« Puis-je te poser une dernière question ?

— Encore une érection à avouer ?

— J'aimerais bien… Mais elle concerne l'ennui : penses-tu que si tu vivais avec moi, tu en serais sauvée ?

— J'aurais trop peur…

— De quoi ?

— De ne pas retrouver Léonard. »

3

L'état des lieux vient de s'achever. L'agent immobilier jubile ouvertement : pas une poussière de plus qu'au jour de la signature du contrat. La propreté ambiante me permet de récupérer ma caution et, tandis qu'il me la tend, je l'entends me demander dans quel quartier j'emménage.

Les hauteurs de Nice. Il ne s'y attendait pas, le bougre. Une commune minuscule, presque sans habitants, isolée dans l'arrière-pays, et que dessert un autobus en retard. J'y ai déniché un meublé trois fois moins cher que le studio de la rue du Passage : cela faisait des mois que son propriétaire cherchait vainement à le refourguer à un désœuvré de mon genre.

Pourquoi Nice ? Parce que j'ai vécu, sans en prendre immédiatement conscience, une année d'insoutenable étrangeté. J'ai traversé, surtout, des expériences incommunicables. Il y a quelques mois, j'étais encore un graphiste comme on en trouve des milliers à Paris. Et voici que j'ai tout abandonné : mon travail, mes tableaux numériques, mes amis – et ce pour quelle raison ? Ai-je été atteint d'une maladie funeste ? Ai-je perdu un proche ? Ai-je gagné au Loto ? Non. J'ai tout simplement habité en face d'un cimetière et j'ai passé un an à vivre sous sa fascination. Si je racontais cette histoire à quelqu'un, qui me prendrait au sérieux ? Pourtant, je suis convaincu de n'être pas fou. La réalité, me semble-t-il, est plus complexe. Je crois bien que, dans mon appartement de la rue du Passage, j'ai vraiment vu des choses. Mes yeux se sont dessillés sur le monde. Et, après avoir affronté ces quelques vérités, je sens qu'il me serait impossible de continuer comme avant.

Est-ce la ville qui me met désormais si mal à l'aise ? Sans doute… J'ai comme l'impression, à Paris, d'habiter un vertige. Je pense qu'au point où j'en suis je n'arriverais même plus à regarder un pigeon dans les yeux. Non que je me fasse des illusions sur les retraites champêtres : la ville est en moi, je ne saurais m'en défaire. Je n'ignore pas qu'il est possible, sinon probable, que je sois déçu de mon arrière-pays niçois. Mais je préfère prendre ce risque. Mieux vaut partir maintenant plutôt que de vivre sous la pression de ce mal de crâne permanent.

Mes affaires sont entièrement contenues dans un sac en peau de vache. C'est un exploit dont je n'ai pas à rougir : j'ai jeté tout ce qui demeurait superflu. Le voyant rouge d'un taxi m'attend devant le porche. Au moment où j'ouvre la portière, la serveuse de la Garçonnière traverse la rue pour me saluer. Je n'ai pas envie de lui dire au revoir : je choisis de lui faire croire que je pars en vacances.

À travers le carreau, le profil de mon immeuble s'éloigne. Les vitres teintées des balcons se succèdent en silence. La porte de Saint-Cloud me quitte dans l'égalité d'âme. Elle lévite au loin, rythmée par l'ébranlement des essuie-glaces. Pour la première fois depuis longtemps, j'ai l'impression d'être libre. Cela ne ressemble à aucune humeur dont j'ai pu faire l'expérience. Rien qu'une légèreté qui se suffit à elle-même, et où je m'abîme tendrement, soudain délesté du passé.

Je me demande, en la quittant, si cette ville n'est pas, finalement, une grande œuvre composée dans le vide, des pages entières qui s'écrivent en hauteur, pour ignorer le ciel. L'espace s'y contracte, tout content de s'écouler plus vite, et les travées s'alignent, une à une, jusqu'à nous ratisser. Les immeubles serrent les coudes, gorgés de hiéroglyphes qui ne dessinent rien. Cette ville, qui l'a créée, sinon la force creuse qui rassemble les hommes afin qu'ils n'aient rien à se dire ? À l'abri des auvents se trémoussent des commencements d'amour, au pied d'un soleil que l'on n'atteint jamais. Certes, mais d'un autre côté… N'est-ce pas à Paris qu'est contenu l'ensemble de mon existence ? Et, en quittant cet endroit, parviendrai-je vraiment à m'en libérer ? Ne deviendrai-je pas son prisonnier à distance ? Il me faut avouer que je n'en sais strictement rien. Une seule certitude : Nécropolis, où j'ai vécu, n'est qu'un miroir de l'homme.

Loin des hommes, justement… Je plie enfin boutique. Je ne vais pas me suicider, mais m'éteindre lentement, par petites couches, discrètement, sans déranger personne. Que les autres continuent dans leur coin. Pour ma part, je m'arrête ici, au seuil de Nécropolis. Je tiens le fil d'une tranquillité. Il me reste à tirer dessus. À l'horizon, la mer à perte de vue, nef renversée où se confond le ciel. Il me semble l'apercevoir déjà, cette immense béance où s'arrête le debout. Je trouverai, dans le flanc d'une colline, une esplanade esseulée, où m'attendra une pierre alanguie. Surplombant la baie, je n'aurai qu'à la regarder nous fuir et les flots, si distincts de jour, si précisément délimités, si abordables, si souriants, se révéleront autrement plus hostiles à l'heure du crépuscule. Sous des teintes orangées, la ville aussi prendra des airs inquiétants. Les éléments, faute de s'accorder les uns aux autres, se révolteront dans une extase confuse. Les nuances s'effaceront, ainsi que les couleurs, pour se livrer au jeu de la lumière et de l'obscurité. Les choses céderont leur présence à un grand mur de noir. Alors, dans ce trou perlé d'absence, peut-être entreverrais-je un fragment d'espoir.

Nous avons décollé depuis trente-cinq minutes. Une rivière de nuages, recouverte d'un tissage laineux et truffée d'anfractuosités, s'étend de part en part, épousant un paysage à l'allure de cataracte. Ce voile éthéré et suave revêt l'apparence d'un sol gracieux – un sol sans terre, dénué de toute gravitation, sauvé des affres de la pesanteur, s'offrant à la vue tel un beau champ de fleurs. Il arrive, çà et là, qu'un trou survienne dans tout ce coton blanc, où se dévoile l'ombre d'un clocher, le reflet d'un lac, la proéminence d'une colline, quand ce n'est pas la clairière d'un village oublié. Je me prends à rêver. Le seul amour possible est une flamme qui vient d'en haut. Voir au-dessus des nuages, voir l'envers de la grisaille, voir par-delà l'origine de la pluie, ne voir plus que cet au-delà sans objet… Voir depuis les cimes ce que les hommes contemplent d'en bas, l'échine concassée et la nuque courbée… La voûte des nuages, d'un coup, dégage une chaleur bienvenue et le ciel, parcouru de boucles, livre des faveurs imprévues. Il n'y a d'ailleurs pas de voûte dans le ciel, juste un azur qui grandit l'homme.

Sous mes yeux, le soleil s'éteint par fulgurances, faisant rouler le flot des dieux et le silence des êtres. Le monde, flamboyant, commence déjà à décliner. Seule la terre, endurante et sereine, demeure encore en éveil. Au cœur de la nuit, elle gigote ses ombres, remue ardemment ses racines, dispose le ciel en sa virginité initiale et, dans l'attente de la prochaine bataille, tricote ses étoiles en cachette. Un nouveau zénith se prépare déjà. Je suis prêt. J'attends.

Cet ouvrage a été mis en pages par

CET OUVRAGE
A ÉTÉ ACHEVÉ D'IMPRIMER
SUR ROTO-PAGE
PAR L'IMPRIMERIE FLOCH
À MAYENNE EN MARS 2020

N° d'édition : L.01ELJN000921.N001. N° d'impression : 96009
Dépôt légal : avril 2020
Imprimé en France